Annette Biemer

Stille Post

Westerwald-Krimi

Annette Biemer

Stille Post

Westerwald-Krimi

Bibliographische Information der Deutschen Bibliothek:
Die Deutsche Nationalbibliothek verzeichnet diese Publikation in der Deutschen Nationalbibliografie; detaillierte bibliografische Daten sind im Internet über http://dnb.d-nb.de abrufbar.

Impressum

www.annette-biemer.de
Herstellung und Verlag: Books on Demand GmbH, Norderstedt
Coverentwurf: Hayo Henning
ISBN: 9-783842-335158

Dieser Roman erschien in der Originalausgabe im
Schardt Verlag, Oldenburg, 2005

Die Personen und Orte in diesem Roman sind frei erfunden. Jede Ähnlichkeit oder Namensgleichheit wäre rein zufällig und keinesfalls beabsichtigt.

Annette Biemer, Jahrgang 66, wuchs in einem Dorf unweit von Wetzlar auf. Seit 1996 lebt sie als Freiberuflerin, die nichts weniger mag als Routine, mit ihrem Mann in der Kreisstadt. Ihre Verbundenheit mit der Region spiegelt sich in all ihren Büchern und Publikationen wider.

1. Tag

Der kleine Niklas Schmickler nahm ein paar Schritte Anlauf und trat gegen das zerknautschte Zigarettenpäckchen, das mitten auf der Straße lag. Er zielte auf das Fenster von Heinrich und Minchen Becker. Auf jenes Fenster, von dem er wußte, daß es zum Schlafzimmer des alten Ehepaares gehörte.

Treffer!

Das Haus lag direkt am Bürgersteig, die Fenster in Augenhöhe, weshalb Heinrich, wann immer drinnen das Licht eingeschaltet war, die Rolläden an der Straßenfront geschlossen hielt. Der Rolladen im Schlafzimmer war zu dieser morgendlichen Zeit bereits hochgezogen, das Fenster gekippt. Das Ehepaar lag also nicht mehr im Bett. Schade. Niklas hätte Heinrich gerne erschreckt. Niklas hatte Zeit. Er war auf dem Weg zur Bushaltestelle, von wo aus der Schulbus ihn in die zwölf Kilometer entfernte Grundschule bringen sollte, in die alle Kinder aus den umliegenden Dörfern gingen. Er bummelte gerne. Die Schule vermochte keine große Anziehungskraft auf ihn auszuüben. Den Bus verpassen durfte er jedoch nicht. Das würde Ärger geben, und der nächste Bus ging erst zur dritten Stunde. Da er morgens mit seiner Mutter das Haus verließ, wenn diese zur Arbeit fuhr, hatte er immer genügend Zeit, ganz gemütlich zur Haltestelle zu schlendern. Um diese Tageszeit konnte er sich noch nicht ordentlich konzentrieren. Seine Mutter schimpfte jeden Morgen heftig, bis er endlich aus dem Bett kam und Bad und Frühstück hinter sich brachte. Sie mußte zeitig los, und er ging dann auch so früh aus dem Haus, daß er vor den anderen Kindern an der Bushaltestelle ankam.

Niklas legte die Wange an den Fensterrahmen und versuchte, durch den Schlitz an den schmutzigen Scheiben vorbei nach drinnen zu schauen, doch erkennen konnte er nichts. Die Gardinen waren lange nicht mehr gewaschen worden und grau vor Staub. Niklas mußte niesen. Angeekelt wandte er sich ab.

Niklas mochte Heinrich nicht. Frau Becker aber war nett! Als es ihr noch gutging, hatte sie ihm immer alles erklärt und manchmal sogar eine Kleinigkeit geschenkt. Heimlich, denn ihr Mann hatte es nicht wissen sollen. Er mochte es nicht, wenn seine Frau etwas verschenkte. Dabei wußte doch jeder im Dorf, daß die Beckers einen Haufen Geld hatten. Auf der Bank, dort, wo es niemand sehen konnte. Aber die beiden gaben nie viel Geld für schöne Dinge aus. Niklas hatte gehört, wie Mutti das einmal erzählt hatte, als eine Freundin zu Besuch war.

„Ich möchte wissen, für wen der alte Geizkragen das alles aufhebt. Mitnehmen kann er es ja nicht“, hatte sie gesagt.

„Wohin mitnehmen?“ hatte Niklas gefragt, aber die Mutti hatte nur gemeint, er solle sich nicht in die Gespräche von Erwachsenen einmischen.

Eigentlich hatte Heinrich ihm nichts getan, aber irgendwie war ihm der Alte nicht geheuer.

Links des Hauses befand sich der Hühnerpferch, in dem fünf braune Hühner ihr Zuhause hatten. Wenn er Heinrich schon nicht ärgern konnte, dann wollte er doch wenigstens kurz die Hühner ein bißchen zur Morgengymnastik durch den Pferch scheuchen, dachte sich Niklas und wunderte sich, daß keines der Tiere zu sehen war. Um diese Zeit waren sie immer schon wach und liefen umher. Niklas war neugierig. Hühner verschliefen doch nicht! Hatte der alte Heinrich sie etwa heute morgen nicht aus dem Hühnerhaus gelassen? Dann hatte er vielleicht selbst verschlafen! Aber das konnte schlecht sein, denn die Rolläden waren hochgezogen. Niklas schlich auf Zehenspitzen auf das Grundstück und hinein in den leeren Pferch. Er würde ins Hühnerhaus gehen und die kleine Klappe öffnen, durch die die Tiere morgens hinausliefen und zwischendurch wieder hinein, wenn sie sich auf eines der Nester setzen wollten, um ein Ei zu legen. Bestimmt freuten sie sich schon, wenn endlich jemand kam, um sie hinauszulassen.

Vorsichtig machte Niklas die Tür einen winzigen Spalt breit auf, schlüpfte hindurch und schloß sie sofort wieder von innen.

Eigentlich hätte er sich gleich wundern müssen, daß kein Gegacker zu hören war. Niklas stieß einen unterdrückten Schrei aus, riß die Tür auf und lief, ohne sich noch einmal umzuschauen, davon.

Susanna Greiner liebte die frische, morgendliche Sommerluft. Um diese Jahreszeit konnte sie sich für ihren Beruf keinen schöneren Ort vorstellen. Sie hatte die Scheibe des PKW bereits ein Stück heruntergelassen. Es versprach, ein wirklich heißer Tag zu werden. Aus dem Radio drang Rosenstolz' *Königin*. Susanna sang laut mit. „...Tanz für mich die ganze Nacht. Lichterwelt verklärt mir meinen Sinn, doch du hast nur an dich gedacht."

An diesem Montagmorgen war die Musik einfach klasse, und Susanna freute sich, daß sie noch einige Kilometer vor sich hatte bis nach Badhausen, wo sie in den nächsten Wochen die Post austragen sollte. Sie drehte die Lautstärke herunter, als sie durch die nächste Ortschaft fuhr, die nur aus wenigen Straßen bestand. Die meisten Dörfer im rauhen Westerwald waren klein. Viele der Häuser waren auf der Wetterseite mit Kunstschiefer beschlagen und hatten im Laufe der Zeit eine Unzahl von Um- und Anbauten über sich ergehen lassen. Am Ortsausgang stand eine Handvoll großer neuer Ein- und Zweifamilienhäuser. So war es typisch hier im Westerwald westlich von Herborn. Wer neu baute, tat dies meist auf sehr geräumige Weise.

Königin war immer noch nicht zuende, und Susanna drehte wieder lauter, als sie das letzte Haus passierte und nun an den Windrädern vorbeifuhr, die mittlerweile in großer Anzahl überall auf den Hügeln die Natur verschandelten. Hier pfiff der Wind wirklich, wie im Lied besungen, kalt über die Ebenen und Hügel. Der Westerwald war karg, aber für Susanna bedeutete Kargheit Ehrlichkeit, Purheit und Schnörkellosigkeit.

Der nächste Ort war schon Badhausen, ein klassisches Dorf, mittendrin in der rauhen, aber schönen Natur des Westerwaldes. Susanna freute sich. Sie war nicht nur eine Liebhaberin guter und lauter Musik, sondern auch ein an sich neugieriger Mensch. Mit dem Wort „neugierig" hätte Susanna sich freilich nie selbst beschrieben. Es klang viel zu negativ. Eher hätte sie „vielseitig interessiert" oder „am Leben der Mitmenschen Anteil nehmend" gewählt. So etwas in der Art.

In Badhausen hatte sie noch nie Dienst geschoben, aber sie kannte viele der Einwohner. Von der Kirmes, von Tupper-Parties, vom Naturschutzbund und so weiter. Das Postaustragen war *die* Möglichkeit schlechthin, sich umzuhören und umzuschauen.

Gerne hatte Susanna damals die Stelle als Springer angenommen. Sie brauchte Abwechslung und unterschied sich damit von vielen ihrer Kolleginnen, die alles, was vom geregelten Tagesablauf abwich, störte. Susanna hatte diese Haltung nie nachvollziehen können. Sie genoß es, durch die Natur zu fahren, zumindest im Sommer, viele Leute kennenzulernen und die neuesten Neuigkeiten zu erfahren. Ab und an konnte der eine oder andere es kaum abwarten, bis sie vorbeikam. Manch einer nahm die Post persönlich freudig auf dem Hof entgegen, obwohl es sich oft kaum um etwas anderes als die Wurfsendung über die nächste Kaffeefahrt zum Keukenhof handelte. Den Großteil jener, die wirklich wichtige Post erhielten, stellten die Firmen dar oder die eine oder andere Privatperson, die um diese Zeit eh auf der Arbeit war und die Briefe erst am Abend lesen konnte. Für die anderen, die tagsüber zu Hause blieben, war die Post eine willkommene Abwechslung.

Niklas flitzte um die Ecke, wo er erst einmal stehen blieb und nach Luft schnappte. Hoffentlich hatte ihn Müllers Frieda nicht beobachtet. Die war nämlich nicht mehr gut zu Fuß und lauerte daher den ganzen Tag über hinter den Gardinen. Mittags legte sie sogar ein Kissen aufs Fensterbrett, stützte ihre kräftigen Unterarme darauf und streckte den Kopf hinaus auf den Bürgersteig. Frieda, die eigentlich Elfriede Helmhäuser hieß und eine geborene Müller war, ‚schaute Straße', so wie andere Leute Fernsehen schauten. Eben hatte Niklas sie nicht gesehen, was aber nichts bedeuten sollte. Denn des öfteren, wenn man an Friedas Haus vorbeiging, konnte man sehen, wie der Küchenvorhang wackelte. Das hatte er diesmal allerdings nicht getan.

Frieda wohnte alleine in einem kleinen Häuschen, das schon lebhaftere Tage gesehen hatte. Es war ihr Elternhaus, und sie hatte nie anderswo gewohnt. Als ihre Eltern noch gelebt hatten und sie geheiratet und eine Tochter bekommen hatte, wäre es nach heutigen Maßstäben eine unzumutbare Bleibe gewesen. Aber sie hatte nie große Ansprüche stellen können. Nachdem ihr Mann damals verschwunden und schließlich für tot erklärt worden war, war sie froh gewesen, nicht alleine zu sein. Nun, da Frieda tatsächlich alleine war, erschien ihr das Häuschen manchmal sogar zu groß.

Für Niklas war Frieda das, was sie für die meisten im Ort war: eine alte Schachtel, die ihre Nase in anderer Leute Angelegenheiten steckte. Wenn sie ihn beobachtet hatte, würde sie am Ende dem alten Heinrich petzen, daß er im Hühnerhaus gewesen war, und der würde es fertigbringen, ihn zu verdächtigen.

Als Niklas sich wieder beruhigt hatte, erschrak er aufs neue. Der Bus! Er schaute auf seine Plastikarmbanduhr, die der neue Freund von Mutti ihm zum Geburtstag geschenkt hatte, um sich einzuschmeicheln. Nur noch zwei Minuten! Niklas flitzte los. Schon von weitem konnte er das Geplapper der anderen Kinder und das Brummen des Busmotors hören. Niklas bog gerade keuchend um die Ecke, da fuhr der Bus ab. Keine Chance, ihn durch Winken aufzuhalten. Resigniert blieb Niklas stehen.

Heinrich Becker kam stirnrunzelnd und vor sich hinfluchend aus der Scheune. Sie diente längst nicht mehr als solche, aber der Name war im Alltagsgebrauch geblieben. Statt Heu befand sich hier heute ein Sammelsurium an Dingen, die man entweder täglich brauchte oder wahrscheinlich nie wieder brauchen würde: Auto, Rasenmäher, Mülleimer, eine Unzahl an angebrochenen Farbdosen, hart gewordenen Pinseln, vorsintflutlichen Werkzeugen, Tapeten- und Teppichresten, Pappkartons und alten Kartoffelsäcken. Einen solchen Sack und ein Stück Kordel hatte Heinrich jetzt in der Hand und ging damit in Richtung Hühnerhaus. Zwischendurch lupfte er den obligatorischen Kordhut und kratzte sich am Kopf. Gleich darauf zog er ein kariertes Taschentuch aus der blauen Arbeitsjacke und wischte sich damit über die Nase. Nach allem, was er in seinem langen Leben hatte durchmachen müssen, war er so leicht nicht mehr aus der Fassung zu bringen. Aber Zorn verspürte er. Zorn, daß es die unschuldigen Tiere getroffen hatte.

Susanna parkte den Wagen an der zentralen Kreuzung im Ort und stieg aus. Zuvor warf sie noch einen kritischen Blick in den Rückspiegel und versuchte halbherzig, ihre Haare zu ordnen, die der Wind durch den Fensterspalt zerzaust hatte. Damit längere Zeit zu vergeuden hatte sie sich längst abgewöhnt. Die roten Naturlocken standen in alle Himmelsrichtungen. Früher fanden ihre Eltern es nicht schön, ein sommersprossiges, kleines, rothaariges Mädchen zu haben. „Ruut Huur un Birkeholz woase of koam goure Burre." Wie oft hatte sie diesen blöden Spruch gehört! Hauptsächlich von den alten Frauen aus dem Dorf, die sie lange Zeit immer wieder auf ihr Äußeres angesprochen hatten. Heute, mit dreiunddreißig, fand sich Susanna einfach toll! Und andere fanden das auch. Heute galten andere Schönheitsideale, andere Regeln. Aber die waren Susanna im Prinzip ebenso egal. Sie hielt generell nicht viel davon, Regeln zu befolgen und Dinge schön zu finden, nur weil sie zum Trend erklärt worden waren. Sie war einfach, wie sie war. Entweder akzeptierten das die anderen oder nicht.

Schon immer war sie die Kleinste im Jahrgang gewesen, aber das war gut so. Je kleiner, desto giftiger, das sagte man ja schon über Hunde. Und Susanna war lieber giftig als brav. Ihren wachen blauen Augen entging nichts.

Mittlerweile hatte sich Susanna zu so etwas wie dem meistbegehrten Single in der Gegend entwickelt und mußte zugeben, daß sie diesen Zustand genoß, wenn er auch bisher nicht dazu geführt hatte, den Richtigen zu finden.

Susanna nahm den Zustellkarren aus dem Wagen. Sie kannte sich aus im Ort, wußte, wie sie zu gehen hatte. Else, die normalerweise hier Dienst tat, hatte Probleme mit dem Rücken und war für mindestens vier Wochen in Kur. Bevor sie endgültig gegangen war, hatte sie Susanna noch mit guten Ratschlägen überhäuft. Auf was, wo, wie und warum zu achten war, wer sich immer nett freute und wem sie möglichst aus dem Weg gehen sollte. Susanna hatte höflich zugehört, doch sie verließ sich lieber auf ihre eigenen Erfahrungen und ihr eigenes Urteilsvermögen. Was die Befindlichkeiten der Leute betraf, so mußten Elses Probleme sich nicht unbedingt auch als ihre eigenen erweisen. Else konnte manchmal recht abweisend und kurz angebunden reagieren. Susanna kam da erfahrungsgemäß mit den Leuten besser zurecht.

Sie schloß den Wagen ab und zog los.

„Heinrich! Heinrich, guck mal!“

Heinrich Becker ging hölzernen Schrittes mit Sack und Kordel in der Hand über den gepflasterten Hof Richtung Hühnerhaus, als er Frieda entdeckte, die sich auf ihrem Posten am offenen Küchenfenster eingerichtet hatte.

„Morgen.“ Er beachtete sie nicht weiter.

„Morgen. Heinrich, eben ist der Kleine Schmickler wie der Teufel aus deinem Hühnerpferch gerannt gekommen. Guck mal. Net, daß der wieder was angestellt hat“, rief sie über die Straße, wobei sie das typische Westerwald-„r“ besonders weit hinten aussprach.

Heinrich Becker blieb kurz stehen und runzelte die Stirn. Dann nickte er, ohne Frieda anzusehen, und ging weiter.

„Warum hast du denn die Hühner noch net rausgelassen?“ brüllte sie ihm hinterher.

Aber Heinrich hörte sie nicht mehr.

Badhausen hatte um die 1600 Einwohner. Das Dorf war von Wiesen und Weiden umgeben, auf der Ostseite gab es einen Wald. Den Mittelpunkt des historisch gewachsenen Dorfkerns bildete ein Zierbrunnen, dessen Stele der örtliche Steinmetzmeister zur 1200-Jahr-Feier gestiftet hatte. Die Dorflinde war in den siebziger Jahren durch einen kleinen Pavillon ersetzt worden. Ein gruseliges Teil, das sich so gar nicht in die Umgebung einfügen wollte. Modern auf Teufel komm raus. Oder das, was man damals für modern gehalten hatte. Es hatte nicht lange gedauert, da war der Pavillon rundum mit Farbe beschmiert – auf Graffitis hatte man sich damals noch nicht so gut verstanden – die Bank kaputt getreten und die Blumenbeete mit Müll verunstaltet worden. Nach über zwanzig Jahren hatte man es endlich aufgegeben und das ‚Schmuckstück‘ abgerissen. Jetzt zierte der traditionell aussehende Brunnen mit seiner Sandsteinstele die Stelle, was schon wesentlich besser aussah, auch wenn im Becken meist Coladosen schwammen und der eine oder andere es nicht lassen konnte, sich im Sandstein zu verewigen. Die neue Bank, verziert mit einem kleinen Messingschildchen, auf dem sich der edle Spender, in diesem Fall die örtliche Sparkasse, verewigt hatte, hielt den Jugendlichen offenbar stand.

Susanna hatte eben die beiden ersten Straßen hinter sich gelassen und bog in einen der kleinen Höfe ein, an denen sich mehrere Häuser befanden. Früher waren das winzige Bauernhöfe gewesen, heute dienten sie, herzallerliebst umgebaut und restauriert, als Wohnhäuser, besaßen freigelegtes Fachwerk wie aus dem Bilderbuch oder auch die typischen Kunstschieferplatten, die die Wetterseite schützen sollten. Über kurz oder lang schien in diesem Teil der Welt jedes Gebäude vor Wind und Regen in die Defensive zu gehen.

Susanna schaute sich suchend nach den Briefkästen und Briefschlitzen um.

„Wen suchen Sie denn?"

Eine große, dünne Frau um die dreißig mit mahagonifarbenem Pagenschnitt versorgte gerade die Blumenkübel mit Wasser. Auf der kleinen Grünfläche vor dem Hauseingang stand eine Sandkastenmuschel mit bunten Förmchen und Schäufelchen. An der Hauswand lehnte ein Kinderfahrrad mit Stützrädern. Ein kleiner West Highland Terrier saß im Gras. Schwanzwedelnd sprang er auf und gab ein kurzes, fragendes „Wuff" von sich.

„Pst, Barbie!" mahnte die Frau.

Barbie schnüffelte kurz an Susannas Hosenbein und setzte sich brav wieder hin.

„Guten Morgen. Ich suche Mattheiß."

„Guten Morgen. Den Jürgen?"

Susanna schaute auf den Brief. „Nee, Sabine."

„Das ist die Frau. Da hinten rum ums Haus. Sag mal, bist du nicht die Susanna aus Borsigenbach?"

„Doch, bin ich. Woher kennst du mich denn?"

„Ich komme auf die Schnelle nicht drauf. Feuerwehr?"

„Hab ich nichts mit zu tun."

„Dessousparty?"

Wieder schüttelte Susanna den Kopf.

„Jetzt weiß ich's! NABU!"

„Das kann sein!"

„Ja, genau. Du warst mal dabei, als sie die Nistkästen kontrolliert haben, stimmt's?"

„Stimmt!"

„Was für ein Glück, daß wir das geklärt haben, sonst wäre es mir den ganzen Tag über nicht aus dem Kopf gegangen."

„Ja, so geht mir das auch immer. Und jetzt fällt mir dein Name nicht ein."

„Tanja. Tanja Meißner. Früher Tanja Specht. Vertrittst du die Else?"

„Ja. Die ist zur Kur. Vier Wochen."

„Ich weiß, aber du wirst sehen, die bleibt noch länger weg."

„Mir soll's recht sein."

„Machst du nur jetzt mal Aushilfe?"

„Ich bin Springer, arbeite immer, eben nur an verschiedenen Orten."

„Ach so."

Susanna nickte. „Dann liefere ich mal weiter die Post ab. Mach's gut."

„Habe ich auch was?" wollte Tanja noch wissen.

„Nö. Tut mir leid."

„Dann habe ich wenigstens keine Rechnung."

Susanna ging um ein romantisch hergerichtetes, rot-weißes Fachwerkhaus herum. Der Eingang, eine grün gestrichene Holztür, befand sich auf der Rückseite. Daneben stand eine ebenfalls grüne, verschnörkelte Metallbank. Dekorativ, aber unbequem. Im kleinen Fenster mit Butzenscheiben neben der Tür saß eine bunte Katze.

„Du ziehst das Fenster der Metallbank vor, was? Du weißt, was gut ist“, murmelte Susanna und hielt der Katze den Handrücken zum Schnuppern hin. Das Tier hob vorsichtig die Nase, dann stand es auf, streckte sich, so gut es auf der kleinen Fensterbank ging, und schnupperte etwas intensiver. Susanna schien die Probe bestanden zu haben, denn die Katze rieb ihren Kopf an ihrer Hand. Vorsichtig kraulte Susanna den Nacken des Tieres, was mit begeistertem Schnurren quittiert wurde.

Dann wandte sie sich zum Briefkasten und öffnete die Klappe. Die Katze sprang von ihrem Plätzchen herab, schmiegte sich um Susannas Beine und begann, kläglich zu maunzen.

„Ich kann dich nicht hineinlassen. Tut mir leid.“

Susanna tätschelte die Katze, die versuchte, die Tür mit der Nase aufzudrücken.

„Dummkopf! Ich kann die Tür nicht aufmachen.“ Susanna wandte sich zum Gehen. „Tschüs!“

Die Katze schaute ihr hinterher und ließ sich schließlich auf der Fußmatte nieder.

Heinrich Becker packte verbittert und vor sich hinschimpfend die fünf Hühnerkadaver in den alten Kartoffelsack. Dann schnürte er den Sack mit der Kordel zu und zog ihn hinter sich her über den Hof.

„Was hast du denn in dem Sack? Und warum sind die Hühner noch net draußen?“

„Weil die Hühner hier im Sack sind.“

Frieda verschlug es die Sprache.

„Die hat die Nacht der Marder totgebissen“, fügte Heinrich erklärend hinzu.

„Ach du lieber Gott! Hast du denn gestern abend net die Klappe ordentlich zugemacht?“

„Doch. Der muß vorher schon drinnen gewesen sein“, kam die knappe Antwort, bevor Heinrich den Sack zum Auto zog. Er öffnete den Kofferraum und legte ihn mit einer Plastikplane aus.

Frieda schaute ihm zu, während sie fand, daß es doch recht eigenartig war, daß die Hühner gestern abend ruhig auf der Stange gesessen hatten, während ein Marder im Häuschen gewesen war.

Sie zog sich vom Fenster zurück und ging zum Telefon.

Niklas saß auf dem untersten Ast eines Apfelbaumes und ließ die Beine baumeln. Seinen Ranzen hatte er ins Gras geworfen. Hoffentlich klebte ihm jetzt kein Harz am Hosenboden. Das hartnäckige Zeug ging schlecht ab, und seine Mutter hatte letztes Mal einen Aufstand gemacht, als er mit seiner neuen Jeans auf einen Baum geklettert war. Er hob die linke Pobacke an und faßte mit der Hand an die Hose. Dann machte er den gleichen Test auf der rechten Seite. Es klebte nichts, aber der Ast war mit grünen und gräulichen Flechten bedeckt. Fraglos hatte er jetzt einen schmutzigen Hintern. Er schaute erneut auf seine Armbanduhr. Sie sah wirklich gut aus. Wenn sie ihm nicht so supergut gefallen würde, hätte er sie schon längst verschwinden lassen. Er wollte eigentlich nichts von diesem Schleimer annehmen, der Mutti immer abends besuchte und so kumpelhaft tat. In Wirklichkeit mochte er Niklas nämlich gar nicht. Er tat nur so, wenn Mutti dabei war, damit er wiederkommen durfte. Und Mutti freute sich zum ersten Mal, seit Papa vor drei Jahren ausgezogen und nach Berlin gegangen war. Niklas wußte, wer der Mann war. Er hatte eine Versicherungsagentur in Dillenburg und bestimmt viel Geld und ein eigenes Haus. Seit er regelmäßig auftauchte, hatte Mutti weniger Zeit für Niklas. Sie schimpfte auch öfter, so wie bei der Jeans. Früher hätte sie sich nach der Arbeit die Zeit genommen, sie sauberzumachen und nicht gemotzt. Heute hatte sie nach Feierabend Besseres vor.

Niklas hatte sich extra diesen Baum am Ortsrand, gleich hinter dem letzten Haus auf der Streuobstwiese, ausgesucht. Nach Hause wollte er nicht wieder gehen, obwohl er einen Schlüssel hatte. Sich im Dorf herumzudrücken wäre aber auch nicht klug gewesen. Er wollte einfach seine Ruhe und sich von dem Schrecken erholen. Niklas zupfte an seinem blonden Pony. Das machte er immer, wenn er nervös war. Die armen Hühner! Warum war er nur auf die blöde Idee gekommen, das Grundstück der Beckers zu betreten?

Wer kam denn da die Straße herauf? Die Frau hatte er ja noch nie gesehen! Niklas beobachtete sie, wie sie von Haus zu Haus ging. Da dämmerte es ihm. Sie hatte das gleiche Wägelchen wie sonst die Else. Klasse! Endlich eine neue Postfrau! Die hier sah viel besser aus. Sie war zwar auch schon alt, aber nicht so alt wie die uralte Else. Daß die überhaupt noch laufen konnte! Aber vielleicht konnte sie es ja jetzt nicht mehr, und deshalb gab es eine neue Postfrau. Sie sah sogar ein bißchen aus wie Pumuckl, auch wenn ihre Haare nicht ganz so knallig rot waren. Nun war sie am letzten Haus angekommen und hatte ihn erspäht. Sie winkte und kam auf ihn zu. Was sollte das denn jetzt? Hoffentlich war sie keine Petze. Obwohl Mutti ja eh herausfinden würde, daß er erst zur dritten Stunde in die Schule kam. Die alte Zicke von Bremer, die in den ersten beiden Stunden Deutsch gab, würde sofort heute abend zu Hause anrufen.

„Hi!"

„Hi!"

„Na, was machst du denn da? Keine Lust auf Schule?"

„Bus verpaßt", brummte Niklas.

„Ach so. Das ist mir früher auch ständig passiert!" Susanna grinste, und Niklas konnte nicht anders, als es ihr gleichzutun.

„Der nächste geht doch bestimmt gleich, oder?" bemerkte Susanna nach einem Blick auf ihre Armbanduhr.

„Jo." Niklas hüpfte vom Ast und wischte sich mit den Händen über den Hintern. Er versuchte, einen Blick nach hinten zu werfen, was ihm aber nicht gelang.

Susanna hielt den Kopf schief.

„Du bist sauber. Nichts passiert."

„Bist du die neue Postbotin?"

„Genau."

Niklas folgte Susanna zum nächsten Haus auf der anderen Straßenseite.

„Macht das die Else nicht mehr?"

„Doch, die ist nur zur Kur."

„Wenn sie wiederkommt, trägt sie dann wieder die Post aus?"

„Ja."

„Schade."

„Wieso?"

„Weil du aussiehst wie Pumuckl."

„Ist das gut oder schlecht?"

Niklas grinste. „Gut natürlich."

„Dann habe ich ja Glück gehabt!"

„Wie heißt du eigentlich?“

„Susanna. Und du?“

„Niklas.“

„Fährt dein Bus am Brunnen ab?“

Niklas nickte.

„Na, dann beeil dich mal, sonst verpaßt du den auch noch. Ich muß jetzt hier noch die Post austragen.“

„Mach’s gut!“ Niklas stürmte davon, während Susanna zwei Briefe in den nächsten Kasten steckte.

„Lisbethchen? Hier ist das Frieda.“

„Morgen.“

„Morgen. Ich wollte dir nur sagen, daß du aufpassen mußt. Dem Heinrich hat heute nacht der Marder die ganzen Hühner totgebissen.“

„Ach Gottchen!“

„Gib acht, daß er net auch an deine geht.“

„Ja, dank dir, Frieda.“

„Ei ja, ich wollte es dir nur sagen.“

„Gut. Ich gehe gleich mal gucken. Was kochst du denn heute?“

„Linsensuppe. Ich wollte mir ein bißchen Mettwurst hineinschnippeln.“

„Ich habe noch Haschee von gestern und mache mir ein paar Kartoffelstücke dazu.“

„Ei, dann mach’s gut.“

„Ja.“

Frieda legte auf. Die Sache mit den Hühnern und dem Marder kam ihr zwar immer noch komisch vor, aber ihre Bekannte hatte sie trotzdem warnen müssen. Das war doch ihre Pflicht, oder?

Heinrich Becker zuckelte mit seinem roten Nissan über den Grünen-Plan-Weg, der ihn an Wiesen und Weiden vorbei in den Wald führte. Dort bog er vom Weg ab auf eine Spur, die Waldarbeiter vor längerer Zeit mit ihren Fahrzeugen festgefahren hatten. Er fuhr nur ein paar Meter in den Wald hinein. Die Spur war fast schon wieder zugewuchert. Die Natur holte sich alles schnell zurück. Gott sei Dank! Hier stieg er aus, wuchtete den Sack aus dem Kofferraum und zog ihn zwischen die Bäume. Mit seinem Taschenmesser schnitt er die Kordel auf und kippte die Tiere auf den Waldboden. Die Füchse würden den Rest der Arbeit erledigen.

Susanna hatte mittlerweile das halbe Dorf mit der ersehnten oder auch weniger erwünschten Post versorgt. Von einigen Leuten, die sie eben beim Austragen getroffen hatte, war sie gleich angesprochen und gefragt worden, ob sie jetzt für immer hier ihren Dienst tun würde oder nur vorläufig. Die meisten aber kannten Else gut und wußten, daß sie nur zur Kur war. In jedem Fall stellte Susanna eine gern gesehene Abwechslung dar.

Auf ihrem Weg kam sie durch eine jener Straßen, in der die Häuser ein Stück vom Bordstein zurückstanden, so daß noch ein kleiner Streifen mit Gras oder Blumen davor paßte. Zur Nr. 14 mußte sie. Susanna ging die Treppe seitlich des Hauses hoch, die zum Vorbau führte. Überdurchschnittlich viele der älteren Häuser waren hier sinnvollerweise mit einer solchen baulichen Vorrichtung ausgestattet worden. Susanna verglich den verblaßten Namen auf der Klingel mit dem auf dem Brief und drückte den Knopf. Drinnen ertönte ein schnarrendes Geräusch, so als ob die

Klingel schon an Altersschwäche leiden würde, was wahrscheinlich sogar der Fall war.

Susanna wartete einen Moment. Das war sie gewohnt. Der Name klang alt. Elisabeth Weinbrenner. Ältere Menschen brauchten oft ihre Zeit, bis sie zur Tür kamen. Nach einer Weile, als sich immer noch nichts tat, klingelte sie erneut. Alte Menschen hörten auch öfter schlecht, und wenn sie alleine lebten, setzten sie manchmal ihr Hörgerät nicht ein. Doch auch das zweite Klingeln blieb unbeantwortet. Susanna reckte den Hals. Von der Treppe aus konnte man in ein offenes Fenster schauen. Dahinter befand sich die Küche, die aus einer früheren Zeit zu stammen schien. Auf dem Herd stand ein Topf mit Deckel, auf dem Küchentisch eine Schüssel mit geschälten Kartoffeln. Daneben lag ein Haufen Kartoffelschalen. In einer zweiten Schüssel befanden sich noch ungeschälte Kartoffeln. Das Kneipchen lag daneben.

Es mußte also jemand zu Hause sein. Susanna drückte gegen die Haustür. Verschlossen. Einfach hineingegangen wäre sie ohnehin nicht, obwohl viele der ganz alten Leute, wenn sie nur kurz außer Haus gingen, nicht daran dachten, abzuschließen. Susanna klingelte ein drittes Mal. So leicht gab sie nicht auf. Sie schaute sich den Umschlag an. Der Brief stammte von einem Holger Weinbrenner aus Siegen. Wahrscheinlich ein Verwandter, vielleicht der Enkel? Dann würde sich die alte Frau freuen. Da Susanna gerne Neugierde mit Hilfsbereitschaft kombinierte, ging sie um das Haus herum. Fast alle alten Häuser hatten einen Hintereingang, den jeder, der ihn kannte, benutzte. Nicht nur die Bewohner, sondern auch die Nachbarn und Bekannten. Diese Gewohnheit stammte noch aus der Zeit, in der sich das Leben in der Waschküche abspielte. Einen solchen Hintereingang gab es auch hier bei Elisabeth Weinbrenner, die von den meisten schon immer Lisbethchen gerufen wurde. Auf der Rückseite des Hauses stand die Tür zur Waschküche sperrangelweit offen.

Lisbethchen kam gerade aus dem Hühnerstall hinter dem Hof, als Susanna um die Ecke schaute.

„Nicht erschrecken! Ich bringe nur die Post. Sie haben ein Einschreiben.“

„Ach!“ Die alte, schmächtige Frau mit den grauen Wasserwellen schielte mehr auf Susanna, als daß sie sich für den Brief interessierte. „Vertrittst du das Else?“

„Ja, genau.“

„Kommt das net mehr?“

„Doch, doch“, meinte Susanna und hielt ihr den Auslieferungsschein samt Kuli hin. Doch die Frau ignorierte beides.

„Wo bist du denn her, Kind?“ wollte sie wissen.

„Aus Borsigenbach. Ich hatte vorne an der Haustür schon ein paar Mal geklingelt, deshalb habe ich mir gedacht, ich gehe mal hinten herum. Ich hoffe, ich habe Sie nicht erschreckt.“

„Ach was! Ich dachte nur, die Post wäre schon durch!“ Sie nahm endlich den Kugelschreiber, den Susanna ihr noch immer hinhielt.

„Unterschreiben Sie hier, bitte.“ Susanna deutete auf das entsprechende Feld auf der Karte und hielt sie gegen die Hauswand. Lisbeth Weinbrenner unterschrieb und gab Kuli und Schein zurück.

„Ich war nur im Hühnerhaus nach dem Rechten sehen.“

Susanna nickte. „Na dann. Tschüs.“

„Tschüs." Lisbethchen nahm den Brief entgegen und wartete, bis Susanna verschwunden war. Dann zerriß sie ihn ungeöffnet und warf die Schnipsel in die blaue Tonne. Sie konnte die Bettelbriefe ihres nichtsnutzigen Enkels nicht mehr ertragen.

Daß der kleine Niklas im Hühnerhaus gewesen war, paßte Heinrich gar nicht. Er hatte sofort gemerkt, daß zwischenzeitlich jemand da gewesen sein mußte, als er mit dem Sack zurückgekommen war, um die toten Tiere aufzusammeln. Die Tür stand offen, und er war sich sicher, daß er sie geschlossen hatte. Daß es aber der kleine Niklas gewesen war, hätte er nie erraten, wenn es die allwissende Frieda nicht mitbekommen hätte, deren Adleraugen und Luchsohren einfach nichts entging. Frieda konnte einem furchtbar auf die Nerven gehen, aber manchmal war ihre Neugierde auch zu etwas nütze.

Einerseits war Heinrich froh, daß es sich nur um den kleine Niklas handelte, der auf seinem Grundstück gewesen war. Andererseits war es ihm gar nicht recht, daß der Junge die toten Tiere gesehen hatte.

Susanna hatte es geschafft. Feierabend! Sie flitzte durch die Nachmittagssonne nach Hause über die Landstraße und blinzelte in den strahlend blauen Himmel, der einen wunderbaren Kontrast zur grünen Umgebung bot.

Selbst an der einfachen Kreuzung, an der am Ortseingang von Borsigenbach die Abfahrt nach Niederhüttenhausen abging und an der sich nur selten zwei Wagen begegneten, hatte die Gemeinde einen Kreisel bauen lassen. Kreisel fand Susanna generell praktisch, aber da man in diesem Land ja nicht einfach nur einen

Kreisel auf der Straße einrichten konnte, sondern immer gleich einen hünengrabartigen Hügel aufschütten und teuer bepflanzen mußte, fand sie das Ganze an dieser Stelle doch ein bißchen übertrieben. Als ob man Angst hätte, es könnte zu wenig kosten. Da hatte sich der junge Brugmann, der mit seiner Baufirma schon seit einiger Zeit hart am Wind segelte, wahrscheinlich finanziell mit diesem Auftrag ein bißchen Luft verschafft. Ganz zu schweigen von der Gitti, der die hiesige Gärtnerei gehörte und die im Frühjahr in stundenlanger Arbeit eine Unmenge von Tulpenzwiebeln im Hügel versteckt und auch eine üppige Sommerbepflanzung vorgenommen hatte. So dicht hatte sie gepflanzt, daß der Hügel gleich wie zugewachsen aussah. Ein gutes Geschäft!

Die schöne, harmonische Kuppelform des Kreiselhügels war jedoch jäh vor drei Wochen zerstört worden. Ein LKW, dessen Fahrer die Strecke noch vom letzten Jahr kannte – als es noch keinen Kreisel gab – hatte die Kurve nicht gekriegt und war mitten auf der Kuppel gelandet. Sah eigentlich lustig aus. Die Speditionsfirma freilich fand das gar nicht. Dafür aber der junge Brugmann und auch die Gitti von der Gärtnerei. Der Brugmann hatte den Auftrag für die Wiederherstellung bekommen, und wenn er fertig war, durfte die Gitti das ganze Teil noch einmal rundum einpflanzen. Da sollte noch mal einer sagen, es würde nichts für die ansässigen Gewerbetreibenden getan!

Susanna hatte nach einigem Hin- und Hergezappe im Radio endlich ein passendes Lied gefunden und grölte laut mit Westernhagen um die Wette. „Ich bin wieder hier, in meinem Revier, war nie wirklich weg, hab mich nur versteckt."

Mit einem Formel 1-verdächtigen Schlenker fuhr sie in den Kreisel hinein und auf der anderen Seite wieder heraus. Schon war sie im Ort und mußte Marius die Luft abdrehen.

Wenn sie zu Hause war, würde sie sich erst einmal aus den durchgeschwitzten Postklamotten schälen und es sich im Garten gemütlich machen. Doch zuerst mußte sie den Wagen wieder am Zustellstützpunkt, der nicht weit von ihrem Zuhause entfernt lag, abgeben. Das letzte Stück ging sie dann zu Fuß.

Susanna hatte ein Haus für sich alleine. Wer hatte das schon, besonders mit einem Job, der nicht gerade millionärsverdächtig war? Die meisten Alleinstehenden der Gegend hatten sich im Haus der Eltern, wenn es groß genug und umbaufähig war, eingerichtet, mit einer komplett eigenen Wohnung oder auch zimmerweise mit Mampf- und Waschversorgung.

Susannas Opa hatte in einem der winzigen kleinen Fachwerkhäuschen gelebt, in dem er sich jahrzehntelang geweigert hatte, etwas zu renovieren. Als es dann nicht mehr ging mit Opa als Alleinversorger, hatte man kurzerhand getauscht. Opa war zu Susannas Eltern ins Haus gezogen, wo man rund um die Uhr ein Auge auf ihn werfen konnte, und Susanna hatte das Fachwerkhäuschen übernommen. Da Papas Geschwister eh nicht scharf auf den alten Krempel waren, gab es auch keine Diskussionen.

Tante Katharina, die Schwester von Papa, war mit einem Mann aus dem Rheinland verheiratet und hatte schon vor langer Zeit die Region verlassen.

Onkel Hartwig und Tante Hildegard hatten vor über zwanzig Jahren gebaut, wie sich das damals gehörte. Einen riesigen Kasten, in dem man eine halbe Schule hätte unterbringen können. Völlig geschmack- und stillos, aber Hauptsache groß. Viereckig, mit geradem Balkon und zwei Wohnungen. Groß hatte das Haus unbedingt sein müssen. Für ein paar schicke Möbel und modische Kleidung für Tante Hildegard hatte es dann leider nicht mehr gereicht. Oben thronten Onkel und Tante, unten hauste Cousin Michael. Alleine. So war es nicht gedacht, aber leider hatte sich bis heute keine Frau gefunden, die es mit ihm aushalten wollte. Dabei hatte man damals schon alles, inklusive Bad, fertig eingerichtet. Um nichts hätte sich eine zukünftige Schwiegertochter kümmern müssen. Nur einziehen hätte sie brauchen. Doch leider hatte bisher noch keine Frau die Vorzüge zu schätzen gewußt. Noch nicht einmal eine Freundin hatte Michael. Dabei hätte sie es so schön haben können! Und Schwiegermutter hätte sogar die Betten machen und kochen können. So hatte sie sich das gedacht.

Susanna glaubte nicht daran, daß die Strategie aufgehen würde. Bei jemandem wie ihr würde sie es jedenfalls nicht. Ganz im Gegenteil.

Langsam allerdings beschlich auch Onkel und Tante der vage Gedanke, daß sie umsonst geplant hatten. Dafür hatte sich Michael, als er fand, Anspruch auf mehr Privatsphäre zu haben, alleine häuslich in der freien Wohnung eingerichtet. Dabei fühlte er sich keineswegs in seiner Privatsphäre gestört, wenn Mama Hildegard bei ihm putzte, aufräumte, seine Schmutzwäsche einsammelte und er zum Essen nach oben ging.

Das architektonisch auffallendste an den Dörfern im Westerwald war vielleicht dieser krasse Gegensatz zwischen den winzigen, verbauten Häuschen in den Dorfmitten und den großen Häusern, die in den vergangenen Jahrzehnten an den Ortsrändern entstanden waren. Mittlerweile gab es eine neue Gruppe: kleinere Neubauten, die nurmehr für eine Generation konzipiert waren und bei denen nicht mehr für die zukünftige Familie eines Kindes oder für die alten Eltern mitgeplant wurde. Es entstand das eine oder andere Öko- oder Holzhaus. Leute kamen aus der Stadt, die einfach raus wollten in die Natur, junge Familien, die eine sichere Umgebung für ihre Kinder wünschten, Tierliebhaber, die sich Pferde hielten oder Hunde züchteten. Und alle brachten andere Vorstellungen vom Leben mit.

Susanna fühlte sich pudelwohl hier und ging ihren eigenen Weg. Auf Opas kleines Häuschen und das, was sie daraus gemacht hatte, war sie mächtig stolz. Zwar standen ihr nicht die finanziellen Mittel zur Verfügung, um das Haus mit allen Designerraffinessen zu versehen, aber auch mit wenig Geld ließ sich einiges machen, wenn man nur über genügend Ideen und Phantasie verfügte. Und daß das Häuschen so verbaut war, kam Susanna gerade recht. Je verwinkelter, desto romantischer, war ihre Devise. Grundlegende Renovierungsarbeiten hatten sich vor ihrem Einzug nicht vermeiden lassen. Das alte Bad und die Küche von Opa hatten wirklich komplett ersetzt werden müssen. Lange hatte Susanna jede freie Minute damit verbracht, alles neu zu streichen und zu tapezieren. Die Böden, abgesehen von den Dielen in der Küche, die so alt waren, daß sie schon ihren ganz eigenen Charme besaßen, hatten erneuert werden müssen. Bis zum Keller und Speicher war Susanna noch nicht vorgedrungen. Die finanziellen Belastungen waren auch so schon hoch genug. Gleiches galt für die Garage mit Abstellraum, die aus dem alten Stall entstanden war und bei Gelegenheit auf Vordermann gebracht werden sollte. Aber das eilte nicht. Der alte Maschendrahtzaun war entfernt und durch einige

Büsche ersetzt worden. Am wichtigsten, speziell zu dieser herrlichen Jahreszeit, war für Susanna allerdings das Herrichten des kleinen Hofes hinter dem Haus, den sie mit Blumenkübeln verschönert hatte und der sich hervorragend dazu eignete, einen Liegestuhl und ein kleines Tischchen aufzustellen. Auf einem kleinen Streifen Grün hatte die Oma, als sie noch gelebt hatte und noch fit genug gewesen war, ein paar Blumen gepflanzt. Jetzt war er eingesät. Der eigentliche Garten, und in der schweren Zeit war man froh gewesen, darauf zurückgreifen zu können, lag außerhalb des Dorfes. Ihn bewirtschafteten Susannas Eltern. Der Vater mähte die mittlerweile fast gänzlich eingesäte Fläche, und auf dem verbleibenden Grabland werkelte die Mutter herum. Susanna aber nutzte ihn auch. Sie hatte vor zwei Jahren mit der Hobbyimkerei begonnen und besaß zwei Bienenvölker, deren Kästen sie beim Gartenhäuschen und mit ausreichend Abstand zum nächsten Nachbargrundstück postiert hatte.

Susanna entledigte sich ihrer Postkluft und schlüpfte in ihren Bikini. Barfuß lief sie auf den Hof, dessen Betonplatten nach der Hitzeeinstrahlung des Tages ordentlich aufgeheizt waren. Mehr hüpfend als gehend eilte sie hinüber zur Garage. Hier an der Wand stand der Kasten von Pfeffer und Minz. Die armen Stallhasen brauchten frisches Wasser und Grünzeug. Bald mußte Susanna wieder Nachschub von der Wiese besorgen. Aber als erstes hatten die beiden nach einem Tag im Stall ein bißchen Auslauf verdient. Susanna öffnete die Tür mit dem feinen Maschendraht und griff beherzt nach Minz. Die schwarzweiße Dame war ein Schwergewicht und zudem äußerst kratzbürstig. Wenn sie Panik bekam, was beim Hochheben immer wieder passierte, fing sie an zu kratzen und manchmal auch zu beißen. Eigentlich hatte das blöde Vieh es gar nicht verdient, so gut behandelt zu werden. Die meisten lieben Hasen fristeten ein ganzes Leben im Stall. Warum mußte eigentlich dieses undankbare Tier noch mit einem komfortablen Auslauf verwöhnt werden? Das fragte sich Susanna jedesmal, wenn sie die zappelnde Minz am Nacken hielt. Zudem war Minz ursprünglich für den Kochtopf gedacht gewesen, aber da Opa sich nicht mehr getraut hatte, sie zu schlachten, wurde sie eben weiter mit durchgefüttert. Zwar mangelte es nicht an hilfsbereiten Personen, die sich erboten, Minz in den Hasenhimmel zu schicken, aber das wollte Susanna dann doch nicht. Pfeffer, ebenfalls schwarzweiß, war da schon ein viel umgänglicherer Genosse und ließ sich gerne auf dem Arm halten.

Susanna schleppte die beiden zu dem Auslauf, der auf dem kleinen Grünstreifen stand. Sie wechselte das Wasser im Napf und warf ein paar Löwenzahnblätter über den Draht.

Der Sommer bildete genau die richtige Atmosphäre für einen Caipirinha, entschied Susanna, eilte zurück ins Haus und machte sich an die Zubereitung. Zwischendurch nahm sie Pieps und Pucks Käfig und stellte ihn nach draußen auf die breite Fensterbank vor der Küche. Piep war ein grüner, Puck ein blauer Wellensittich. Die beiden hatte Susanna schon von zu Hause mitgebracht, als sie hier einzog.

Sie lief zurück in die Küche, steckte einen Strohhalm ins Caipirinha-Glas und ging nach draußen zu ihrem Liegestuhl. Der CD-Player stand noch von gestern dort. Sie drückte auf Play, und sofort legten Vaya Con Dios mit *Nah Neh Nah* los. Susanna tanzte mit, wobei einige Tropfen Caipirinha auf dem Beton landeten und blitzschnell verdunsteten. Das Handtuch lag ebenfalls noch von gestern auf der Liege, und Susanna begab sich schließlich wohlig seufzend in die Horizontale.

3. Tag

Lisbeth Weinbrenner hatte wieder Post, die abgegeben werden mußte.

„Hoffentlich muß ich sie nicht wieder so lange suchen“, dachte Susanna. Der dicke Luftpolsterumschlag, der nicht durch den Briefschlitz paßte, war ihr heute morgen schon beim Sortieren am Zustellstützpunkt aufgefallen.

Dies war bereits der dritte Tag, an dem Susanna die Post in Badhausen austrug.

Sie stieg die Stufen zum Vorbau hinauf. Diesmal mußte sie noch nicht einmal klingeln, denn Lisbethchen stand direkt am offenen Küchenfenster. Als sie Susanna kommen sah, trocknete sie sich die Hände an ihrer Kittelschürze ab und lehnte sich über das Fensterbrett.

„Morgen, Frau Weinbrenner. Post für Sie“, grüßte Susanna.

Im Gegensatz zu gestern warf die alte Frau heute einen längeren Blick auf den Umschlag. Ihre gerunzelte Stirn verriet dabei, daß sie sich durchaus wunderte.

„Morgen. Da ist gar kein Absender drauf. Ob das wieder so eine komische Werbung ist, vor der sie immer im Fernsehen warnen?“

Susanna zuckte mit den Schultern.

„So etwas beachte ich ja grundsätzlich net. Was man da so alles hört!“ fuhr Lisbethchen fort.

„Da haben Sie recht! Man kann gar nicht vorsichtig genug sein.“

Aus der Küche war ein leises, zischendes Geräusch zu hören.

„Oh weh!“ So schnell sie konnte, hastete Lisbethchen zum Herd und zog den Topf von der Platte. Hektisch goß sie Milch nach und rührte um. Dann drehte sie die Hitze herunter und stellte den Topf wieder auf.

„Beinahe wäre es passiert!“

„Was gibt es denn Gutes?“

„Reisbrei.“

„Hmm. Mit Zucker und Zimt?“

Lisbethchen nickte.

„Könnte ich auch wieder einmal kochen. Wissen Sie was, ich mache mir gleich heute abend welchen!“

Lisbethchen begutachtete erneut den Umschlag.

„Wo kommt der denn her?“ wunderte sie sich wieder.

Warum macht sie ihn nicht einfach auf, fragte sich Susanna, wollte aber nicht unhöflich sein und warf einen Blick darauf. „Abgestempelt ist er in Bad Homburg.“

„In Bad Homburg?“ fragte Lisbethchen erstaunt.

Susanna nickte. „Vielleicht ein Überraschungsgeschenk?“

„Wieso?“ Lisbethchen schaute Susanna noch erstaunter an.

„Na, vielleicht will Ihnen jemand eine Freude machen.“

Bei Lisbethchens trockenem Lachen dachte sich Susanna, was sie in solchen Situationen immer dachte: Eine alte Frau, die alleine lebte und sich von ihrer Verwandtschaft vernachlässigt fühlte. Das Lachen, in den meisten Fällen war es eher ein tiefer Seufzer, signalisierte: Wer soll an mich schon denken!

„Da bin ich aber mal gespannt.“ Lisbethchen begann endlich, am Umschlag herumzureißen, hatte aber Schwierigkeiten mit dem transparenten Klebeband. Als sie den Widerstand bemerkte, hielt sie den Umschlag schräg zum Lichteinfall, um die Enden besser erkennen zu können. „Ohne Brille sehe ich dermaßen schlecht!“

„Nehmen Sie doch eine Schere!“ empfahl Susanna.

Plötzlich schien Lisbethchen sich zu wundern, warum Susanna noch immer vor dem Fenster stand. Neugieriges Wesen!

„Ja, das mache ich auch.“ Sie nickte Susanna zu und wandte sich ab. „Wiedersehen.“

„Tschüs“, meinte Susanna und stieg die Treppe hinunter, um zum nächsten Haus zu gehen.

Währenddessen hatte Lisbethchen die Schere endlich in der Tischschublade gefunden. Die Schraube, die die beiden Scherenblätter in der Mitte zusammenhielt, war locker. Lisbethchen nahm das alte, vom vielen Bearbeiten mit dem Wetzstein schon dünn gewordenene Kneipchen vom Tisch und zog die Schraube damit an, so gut es ging.

Dann schnitt sie den Umschlag vorsichtig an der Oberkante auf, um den Inhalt nicht zu beschädigen und griff hinein. Als erstes zog sie einen Zettel hervor, eine zusammengefaltete A5-Seite Karopapier. Die Buchstaben waren so groß, daß sie noch nicht einmal die Brille holen brauchte.

‚Willst Du, daß auch einer an Frieda geht?‘

Lisbethchen blieb die Luft weg. Sie ließ das Papier sinken. Die Worte waren nicht mit der Hand geschrieben, sondern mit einer Maschine. Lisbethchen nestelte in ihrer Kittelschürze nach einem Taschentuch und fuhr sich damit über das Gesicht. Als sie es nervös in der Hand zerknitterte, stellte sie fest, daß es voller roter Flecken war. Oh Gott, sie hatte doch nicht vor lauter Aufregung Nasenbluten bekommen? Vorsichtig tupfte sie mit dem Taschentuch die Oberlippe ab. Nichts. Etwas heftiger fuhr sie sich kreuz und quer über die ganze Nase. Auch nichts. Oh, auf dem Papier waren ebenfalls rote Tupfen zu sehen! Sie mußte sich am Rand geschnitten haben. Papier konnte scharf sein wie eine Rasierklinge. Es passierte ihr oft, daß sie sich schnitt. Normalerweise tat es weh, doch andererseits merkte sie es nicht immer, wenn sie sich verletzte. Schon so viele blaue Flecken hatte sie sich zugezogen, ohne zu wissen wo. Sie legte das Taschentuch in den Schoß und suchte ihre Hände ab. Tatsächlich waren ihre Finger mit Blut verschmiert, aber sie konnte den Schnitt einfach nicht finden. Erst da fiel ihr ein, daß sie den Umschlag noch gar nicht fertig ausgepackt hatte. So sehr hatte sie der eigenartige Zettel aus dem Konzept gebracht.

Lisbethchen schaute erneut hinein und fand ein kleines knubbeliges Päckchen, in eine Plastiktüte gehüllt. Vorsichtig zog sie es heraus. Und hatte wieder Blut an den Fingern.

„Grüß dich, Gisela!"

Die Frau, die Susanna den Rücken zukehrte und die üppig blühenden Kübelpflanzen vor ihrer Haustür goß, drehte sich abrupt um.

„Hallo, Susanna!" Sie stellte die Gießkanne ab und kam auf sie zu. „Ich habe schon gehört, daß du uns jetzt beehrst. Schön, daß ich dich treffe."

„Meine Güte", staunte Susanna. „Du hast ja tolle Pflanzen! Ich habe leider den braunen Daumen!"

„Irgend etwas muß ich ja können."

„Ha ha ha!"

Susanna und Gisela Schneeberger, die ein paar Jahre älter war als Susanna, kannten sich von einem Yogakurs. Seither plauderten sie gerne miteinander, wann immer sie sich trafen. Gisela hatte lange, dunkelbraune Locken und war einen guten Kopf größer als Susanna.

„Trinkst du einen Kaffee mit mir ?“ bot sie an.

„Nee, du, ich will mich sputen. Ich bin eh noch nicht so schnell. Schließlich ist heute erst mein dritter Tag in Badhausen. Trotzdem danke! Ich nehme deine Einladung ein andermal gerne an.“

„In Ordnung, vielleicht mal nach Feierabend!“

„Gute Idee.“

„Du klingelst einfach, ja? Ich bin zwar nicht immer zu Hause, aber ...“

„... ich probiere es einfach.“

„Prima!“ Gisela schaute auf ihre Armbanduhr. „Oh weh, ich muß ja schnell noch mal weg, was einkaufen.“

Hektisch hob sie die Hand zum Gruß, suchte ihren Schlüsselbund aus der Hosentasche und lief zum Wagen.

Da würden die Mutti und der Papi sich aber freuen! Katharina Schneeberger machte einen Hopser, als sie von der Bushaltestelle nach Hause ging. Die Bücher, die Frühstücksdose und das Mäppchen hüpften im Ranzen. Heute war die Schule schon nach der vierten Stunde aus, und sie konnte es kaum erwarten, nach Hause zu kommen. Vor der Mathearbeit hatte sie ordentlich Schiß gehabt, und bestimmt hätte Mutti wieder geschimpft, wenn sie eine schlechte Note mit nach Hause gebracht hätte. Dabei war sie selbst nie gut in Mathe gewesen. Aber davon wollte sie heute nichts mehr wissen. Der Papi war nicht so streng. Der wußte, wie schlau sie war und was sie alles konnte. Da kam es auf ein schlechtes Fach nicht an. Mutti war eigentlich sehr lieb, nur wenn es um die Schule ging, kannte sie keinen Spaß. Der Grund dafür hieß Marlene. Marlene Schuster, die dumme Kuh von den reichen Schusters, die die Großbäckerei im Ort hatten. Die Marlene war so was von eingebildet! Dabei war sie strohdumm. Mutti mochte Marlenes Mutti nicht, weil die genauso eingebildet war wie Marlene selbst und meinte, die Großbäckerei ihrer Familie wäre mehr wert als das Busunternehmen von Papi. Papi war das egal. Ihn interessierte nicht, was die Schusters machten. Papi arbeitete den ganzen Tag und kam oft spät nach Hause. Das war nicht schön. Katharina hätte viel lieber mehr Zeit mit ihm verbracht. Aber wenn der Papi endlich nach Hause kam, strahlte er sie an und machte immer jede Menge Blödsinn mit ihr. Dabei wußte Katharina, daß Papi es auch nicht leicht hatte. Sie hatte ihn nämlich schon häufig auf der Arbeit besucht. Manchmal gab es im Bus-unternehmen Ärger. Das hatte sie mitbekommen, obwohl es ihr keiner gesagt hatte. Einmal war unterwegs ein Bus kaputtgegangen. Ganz weit weg. Und der Busfahrer konnte nicht weiterfahren. Da mußte der Papi mit einem anderen Bus hinfahren und die Leute, die im Bus saßen, abholen. Wahrscheinlich waren die alle ganz schön sauer gewesen. Der Papi hatte zwar geflucht, aber nicht mit ihr, sondern nur am Telefon. Dann hatte er sie ganz schnell nach Hause gefahren, sich umgezogen und war gleich wieder weggerast. Aber er hatte nicht vergessen, sie hochzunehmen und ihr einen Kuß zu geben. Das vergaß er nie. Egal, wie eilig er es hatte. Und ein böses Gesicht hatte er auch nicht bei ihr gemacht. Egal, wie schlecht gelaunt er war: wenn er mit ihr sprach, lachte er immer. Es sei denn, sie hatte etwas angestellt. Das kam ja auch manchmal vor.

Heute aber war Katharina bestens gelaunt. Denn heute hatte sie die Mathearbeit zurückbekommen und juchhu! Sie hatte eine Zwei.

Damit hatte sie wirklich nicht gerechnet. Und die eingebildete Marlene war nur auf eine Vier gekommen. Darüber würde Mutti sich ganz besonders freuen.

Katharina war fast zu Hause angekommen, da klingelte ihr Handy.

„Katharina, hier ist die Mutti."

„Hallo, Mutti."

„Wo bist du?"

„Gleich zu Hause."

„Du, Schätzchen, ich bin noch unterwegs. Aber in zehn Minuten spätestens bin ich auch daheim. Nicht, daß du dich wunderst. Ich beeile mich. Geh solange in den Garten und schau nach, ob die Bommels zu fressen und zu trinken haben, ja?"

„Ok. Du, Mutti, ich habe ..."

„Wir reden gleich weiter, wenn ich zu Hause bin, Schatz. Bis gleich!" Gisela, ihre Mutter, hatte schon aufgelegt. Katharina hätte ihr gerne gleich von der Zwei in Mathe erzählt. Sie steckte das Handy in die Hosentasche und drückte das Hoftürchen auf. Den Ranzen warf sie auf die Bank vor der Haustür und ging direkt in den Garten zu ihren Meerschweinchen, den Bommels, die aber nicht zu sehen waren.

„Hallo, ihr Bommels!" rief Katharina. „Kommt doch raus bei dem schönen Wetter." Doch die Tiere hatten sich in ihrem Häuschen versteckt.

Katharina goß das abgestandene Wasser auf den Rasen. Dann ging sie zum Wasserhahn auf der Terrasse und befüllte die Schale neu. Im Freßnapf war noch genug Futter.

Katharina zappelte nervös hin und her. Irgend jemandem mußte sie doch die gute Nachricht von der Zwei in Mathe mitteilen. Sie setzte sich auf die Stufe vor der Haustür und stützte das Kinn in die Hände. Da fiel es ihr ein. Genau! Der Tante Lisbeth von nebenan würde sie es erzählen! Die war immer zu Hause und freute sich bestimmt mit ihr. Katharina sprang auf und hüpfte zum Nachbarhaus. Das Küchenfenster von Tante Lisbeth war wie immer offen. Bestimmt war sie in der Küche am Arbeiten, Spülen oder Kaffee kochen. Katharina sprang, zwei Stufen auf einmal nehmend, zum Vorbau hinauf.

„Tante Lisbeth, Tante Lisbeth!“

Sie versuchte, einen Blick in die Küche zu werfen, konnte aber nichts erkennen. Sie klingelte an der Tür. Nichts. Noch einmal versuchte sie es, jedoch wieder ohne Erfolg.

Die ist bestimmt im Garten oder bei ihren Hühnern, dachte sie sich und sprang die Treppe wieder hinab, um hinter dem Haus nachzusehen.

„Tante Lisbeth!“

Auf dem Hof war sie nicht. Im Garten auch nicht.

Katharina zog die Tür zum Hühnerhaus auf. Auch Fehlanzeige. Eigenartig.

Katharina sprang wieder die Treppe hinauf zur Haustür und klingelte erneut. Vielleicht war die Tante auf dem Klo gewesen und hatte nicht so schnell zur Tür kommen können. Doch auch nach erneutem Klingeln regte sich nichts.

Gerade wollte sie wieder nach unten laufen, da roch sie es. Der Gestank kam aus dem Küchenfenster. Katharina trat mit den Zehenspitzen auf die Kante der obersten Treppenstufe und beugte sich, so weit es ging, nach vorne. Ein kleines Stückchen mußte sie sich fallen lassen, dann konnte sie sich mit der rechten Hand am

Fensterbrett abstützen. Das erforderte Kraft im Arm, und Tante Lisbeth schimpfte jedesmal, wenn sie sie dabei erwischte.

„Du brauchst nur abzurutschen, und schon fällst du kopfüber die Treppe hinunter und tust dir furchtbar weh", zeterte sie immer.

Doch jetzt war Katharinas Neugierde ziemlich groß, und der Gestank wurde immer schlimmer.

Als sie in die Küche schaute, fiel ihr sofort der Topf auf. Er hatte eine unnatürliche Farbe angenommen, und aus ihm stieg ein ekeliger Qualm. Hatte die Tante Lisbeth etwa vergessen, ihn vom Herd zu nehmen? Katharina beugte sich noch etwas weiter vor, so weit sie eben konnte. Zweifellos brannte etwas an. Sie mußte Hilfe holen! Mit Schwung drückte sie sich von der Fensterbank ab, um wieder in die Senkrechte zu kommen. In diesem Moment hörte sie ihren Namen. Es war zwar nur ihre Mutter, die rief, aber Katharina erschrak so sehr, daß sie das Gleichgewicht verlor. Sie versuchte, nach der Fensterbank zu greifen, konnte sie aber nicht ordentlich zu fassen bekommen. Vor Schreck stieß sie einen kurzen Schrei aus und machte einen Satz nach vorne. Im ersten Moment spürte sie gar nichts, als ihr rechter Unterarm am Putz entlang schrammte und sie mit der Hand gegen die Kante der Fensterbank prallte. Wenigstens fiel sie nicht hart auf die Stufen, sondern fand mit den Füßen Halt. Trotzdem schrie sie erneut und begann zu weinen. Prompt setzte auch der brennende Schmerz ein. Immer nahm sie sich vor, nicht allzu babyhaft zu sein, nicht loszuflennen, aber im Augenblick war ihr alles egal. Sie sackte auf die Stufen und brüllte drauflos, so laut, daß es Mutti ganz sicher hören mußte. Und so war es auch. Nur ein paar Sekunden vergingen, bevor ihre Mutter zu ihr herübergelaufen kam und sich über sie beugte.

„Was hast du denn gemacht?"

„Ich bin abgerutscht“, heulte Katharina.

„Zeig mal, wo tut es denn weh?“

„Hier!“ Katharina hielt ihrer Mutter den rechten Arm hin, dessen Haut abgeschürft war und angefangen hatte zu bluten.

„Bist du gefallen?“

Sie schüttelte den Kopf.

„Ach komm, mein Schätzchen, das wird wieder. Tut es sonst noch wo weh?“

Katharina schüttelte den Kopf.

„Na, dann komm rüber ins Haus. Wir machen ein großes Pflaster drauf.“

Katharina rappelte sich langsam auf.

Ihre Mutter Gisela, die sie in den Arm nahm und hochzog, hob plötzlich den Kopf und schnupperte. Erst jetzt bemerkte sie den Geruch, der aus dem Küchenfenster kam.

„Was ist denn das?“

„Da kocht etwas auf dem Herd, das stinkt, und Tante Lisbeth macht nicht auf. Ich habe sie schon überall gesucht.“ Katharina wischte sich mit dem Rücken der linken Hand die Tränen weg.

Gisela sah jetzt den Qualm aus der Küche kommen und war sofort alarmiert.

Sie reckte den Hals, um einen Blick ins Fenster zu werfen.

„Lisbeth, Lisbeth!“ rief sie, erhielt aber keine Antwort. Sie wandte sich an Katharina: „Kannst du einen Moment stehenbleiben, Schätzchen? Geht es soweit wieder?“

Katharina nickte. „Siehst du etwas?“ Ihr Schmerz war der Aufregung gewichen.

„Nur den Topf.“

Gisela rüttelte an der Haustür, aber sie war verschlossen.

„Die Tür ist zu“, bemerkte Katharina.

In diesem Moment erschien Erwin Hellberg, der Nachbar, auf dem Bürgersteig.

„Was ist denn los?“ wollte er wissen.

„Erwin, komm schnell her. Du mußt die Tür aufbrechen. Wir finden das Lisbethchen nicht, und drinnen steht etwas auf dem Herd.“

Erwin Hellberg, der seit ein paar Wochen arbeitslos und daher den ganzen Tag über zu Hause war, hastete herbei. Mit aller Wucht warf er sich gegen die Tür. Anlauf konnte er aufgrund der Treppe nicht nehmen, aber unter seiner Kraft gab das alte Schloß schnell nach. Er und Gisela rannten in die Küche, gefolgt von Katharina, die sich ängstlich im Hintergrund hielt, von der dramatischen Situation aber dennoch fasziniert war. Wenn sie das in der Schule erzählte! Die Sensation schlechthin!

„Lisbeth!“ rief Gisela erschrocken, als sie die alte Frau vor dem Küchentisch liegen sah. Als wären sie ein eingespieltes Team, rannte Gisela zu ihr, während Erwin den Topf von der Platte zog und den Herd ausschaltete.

„Laß die Finger davon“, warnte er Katharina, die sich hinter ihn drängte.

Lisbethchen versuchte bereits wieder, sich aufzusetzen.

Gisela hockte sich auf den Fußboden neben sie.

„Holst du mal ein Glas Wasser, Erwin?“

„Ja.“ Erwin öffnete eine Schranktür und nahm eine Tasse, das erstbeste Gefäß, das ihm unter die Finger kam. Er ließ Wasser hineinlaufen und reichte sie Gisela.

„Ei, was macht ihr denn alle hier?“ wunderte Lisbethchen sich und schaute verdutzt drein, während Gisela ihr die Tasse an den Mund hielt.

„Ich rufe den Doktor!“ entschloß sich Erwin.

„Nein, nein!“ Plötzlich kam Leben in die alte Frau. „Es ist mir doch gar nichts passiert! Ich bin nur umgefallen. Das kann doch mal passieren. Es geht auch schon wieder!“ Sie versuchte aufzustehen.

„Bleib ruhig sitzen, Lisbeth. Mit so etwas ist nicht zu spaßen. Das ganze Haus hätte abbrennen können und du mit!“ redete Gisela auf sie ein.

„Was? Ach Gott, mein Reisbrei!“

„Erwin hat ihn schon vom Herd gezogen. Aber den kannst du mitsamt Topf in die Mülltonne werfen.“

Erwin stand etwas unbeholfen herum und wußte nicht recht, was er jetzt sagen oder tun sollte. Er hob schweigend einen zusammengefalteten Zettel auf, der auf dem Boden lag und legte ihn auf den Tisch, ohne ihn weiter zu beachten.

„Was ist das denn?“ fragte plötzlich Katharina und hob einen besudelten Plastikbeutel vom Boden auf.

Lisbethchen wurde nervös.

„Nichts, Katharina. Wirf es gleich da in den Abfalleimer und wasch dir die Finger.“

Katharina ging artig zum Mülleimer.

Lisbethchen, der der ganze Publikumsverkehr in der Küche offensichtlich äußerst unangenehm war, versuchte, die Helfer abzuschütteln.

„Ich seid alle sehr lieb zu mir, aber mir geht es wirklich wieder gut.“

„Wir holen besser den Doktor“, wiederholte Gisela.

„Nein, nein, Gisela. Wirklich net. Ich will das net!“

Zum Beweis stand sie endgültig auf, wobei Gisela ihr allerdings kräftig unter die Arme greifen mußte.

„Vielleicht habe ich net genügend getrunken oder zu starken Kaffee gekocht“, versuchte Lisbethchen, ihre Lage zu begründen.

Gisela mußte schmunzeln, denn sie kannte Lisbethchens Blümchenkaffee. Er konnte selbst einem akut herzinfarktgefährdeten Menschen nichts anhaben.

„Ich lege mich ein paar Minuten auf die Couch, und dann ist alles vergessen. Ihr werdet sehen!“ Lisbethchen ging ins Wohnzimmer, wobei Gisela beunruhigt neben ihr herging und sie am Ellbogen hielt.

Zögernd folgte Erwin. Gisela drückte ihm die Tasse in die Hand.

„Ich rufe Holger an“, bot sie sich an, doch dessen Fürsorge schien das letzte zu sein, das Lisbethchen jetzt gebrauchen konnte.

„Nein, das wirst du bitte nicht tun“, sagte sie mit ungewohnt fester und lauter Stimme.

„Gut, dann nicht“, meinte Gisela leicht verwundert.

Lisbethchen ließ sich auf die alte rote Couch sinken.

Erwin gab die Tasse wieder Gisela, die Lisbethchen drängte, einen Schluck zu trinken.

„In den nächsten Tagen gehst du aber zum Arzt und läßt dich einmal richtig durchchecken.“

„Was?“

„Auf Herz und Nieren untersuchen.“

„Ja, ja.“

„Nicht ja, ja. Du gehst bitte wirklich hin.“

„Ja“, sagte Lisbethchen, damit sie ihre Ruhe hatte. Insgeheim dachte sie allerdings nicht daran.

„Ich bleibe jetzt bei der Tante Lisbeth“, bot sich Katharina an.

„Das ist lieb von dir, mein Engelchen“, meinte Lisbethchen und strich ihr übers Haar. „Aber ich möchte jetzt gerne einfach ein bißchen hier liegenbleiben und mich ausruhen. Ihr braucht euch wirklich net um mich zu kümmern und könnt nach Hause gehen. Wirklich. Glaubt mir.“ Um dem Gesagten Nachdruck zu verleihen, schloß sie die Augen. Das letzte, was sie jetzt gebrauchen konnte, war ein Haus voller aufmerksamer, fürsorglicher Leute. Sie konnte es kaum erwarten, alleine zu sein.

„Na gut. Wir gehen“, gab Gisela nach.

Erwin zögerte. „Die Haustür kann man aber nicht mehr zumachen.“

Lisbethchen öffnete abrupt die Augen „Was ist mit der Haustür?“ fragte sie mit leicht nervösem Unterton in der Stimme.

„Die mußte ich eben aufbrechen. Das Schloß ist jetzt kaputt.“

„Ach Gott!“ begann Lisbethchen. Jetzt würde sie auch noch ein neues Schloß bezahlen müssen! Das hatte ihr gerade noch gefehlt! Sie würde die Geldscheine, die sie fein säuberlich je nach Bestimmung in unterschiedlichen Kaffeetassen im Vertiko aufbewahrte, neu sortieren müssen. Da gab es die Geburtstags- und Weihnachtsgeschenketasse, die monatliche Lebensmitteltasse, die Hühnerfuttertasse und so weiter. Wahrscheinlich würde sie das Geld für das neue Türschloß aus der Geschenketasse abzweigen müssen. Sie hatte ohnehin immer weniger Lust, ihrem nichtsnutzigen Enkel auch noch großartige Geschenke zu machen. Lisbethchen schluckte den Ärger über das kaputte Schloß herunter.

Erwin hatte ihr schließlich geholfen. Da durfte sie wirklich nicht undankbar sein.

Daher fügte sie schnell hinzu: „Danke, Erwin. Aber was mache ich denn jetzt? Ich muß doch abschließen können. Wen rufe ich denn da an, damit es repariert wird?“

„Ich fahre heute sowieso noch in den Baumarkt, dann bringe ich dir ein neues Schloß mit. Wenn du willst, kann ich es dir auch gleich einbauen.“ Er schaute Lisbethchen abwartend an. „Ich habe ja sonst nichts zu tun“, fügte er noch bitter hinzu.

„Danke, Erwin. Du bist ein feiner Kerl.“ Lisbethchen beschloß, ihm für seine Mühe ordentlich etwas zuzustecken. „Ich schlafe jetzt ein bißchen.“ Demonstrativ schloß sie wieder die Augen.

„Na gut.“ Gisela zögerte noch. „Wir schauen nachher wieder bei dir vorbei.“

„Das ist lieb von euch. Nochmals vielen Dank“, sagte Lisbethchen, ohne die Augen zu öffnen. Sie wollte jetzt endlich ihre Ruhe haben.

Lisbethchen wartete, bis alle weg waren, dann stand sie vorsichtig von der Couch auf und schlich in die Küche. Verstohlen lugte sie aus dem Küchenfenster, um sicher zu gehen, daß wirklich alle verschwunden waren. Dann ging sie zum Abfalleimer und nahm den vollen Müllbeutel heraus. Kurz stutzte sie, überlegte und schüttelte den Kopf. Dann fiel ihr Blick auf den Luftpolsterumschlag, der noch auf dem Küchentisch lag. Daneben lag auch der Zettel. Sie nahm beides und wollte es ebenfalls in die Mülltüte stopfen, überlegte es sich aber anders und steckte den Zettel zurück in den Umschlag. Sie würde ihn in die Nachttischschublade legen, überlegte sie, ekelte sich dann aber. Schließlich war der Umschlag innen nicht ganz sauber. Nein. Sie würde ihn in der Waschküche verstecken, hinter dem alten Schrank. Dort würde ihn niemand finden.

Entschlossen knotete sie den Müllbeutel, wie er war, fest zu. Plötzlich wurde ihr wieder ein bißchen schwindlig. Einen Moment lang hielt sie sich an der Lehne eines Küchenstuhles fest und atmete tief durch. Der Schwindel war schnell wieder verflogen, und sie ging vorsichtig zur Hintertür hinaus zu den Mülleimern.

Natürlich war die ganze Sache aufgeflogen. Die blöde Petze von Frau Bremer hatte Mutti angerufen und berichtet, daß Niklas unentschuldigt die ersten beiden Stunden gefehlt hatte. Mutti hatte einen Mordsterror gemacht und ihm zwei Tage lang generelles Fernsehverbot erteilt. Er hatte eine gute Entschuldigung, aber die nutzte ihm wenig. Daß er im Hühnerhaus der Beckers gewesen war, hatte er nicht zugeben wollen. Aber dann war doch alles herausgekommen. Er hätte es sich denken können! Die blöde Frieda hatte alles gepetzt. Sie hatte nichts Besseres zu tun gehabt, als Mutti brühwarm zu erzählen, daß sie ihn gesehen hatte, wie er aus dem Hühnerhaus gelaufen war, und daraufhin der Heinrich erzählt hatte, daß alle seine Hühner tot waren. Dem Heinrich hatte die dumme Kuh doch bestimmt auch erzählt, daß er dort gewesen war. Warum hatte der sich noch nicht bei Mutti beschwert? Vielleicht war er doch nicht so ein fieser Sack, wie er immer gedacht hatte?

Niklas hatte schon befürchtet, daß Mutti ihn zu Heinrich zerren würde und er sich entschuldigen müßte. Aber Mutti hatte gar keine Details wissen wollen. Dazu hatte sie offenbar keine Zeit wegen ihrem blöden Lover. Nur Fernsehverbot hatte sie ihm gnadenlos erteilt. Damit war die Sache für sie erledigt. Und das wurmte Niklas gewaltig.

4. Tag

Lisbethchen hatte sich wieder aufgerappelt. Der gestrige Tag war eine wahre Anstrengung gewesen. Zusätzlich zu dem ganzen Schrecken hatte es ihr gerade noch gefehlt, die halbe Nachbarschaft im Haus gehabt zu haben. Dann hatte Erwin noch den halben Nachmittag das neue Schloß eingebaut. Das war ihr ebenfalls gehörig auf die Nerven gegangen, aber über den guten Erwin durfte sie sich wirklich nicht beschweren. Im Laufe des Nachmittags war die kleine Katharina noch ein paarmal da gewesen und hatte nach ihr geschaut. Viel öfter als notwendig natürlich. Aber so waren Kinder eben. Sie wollten gerne Helden sein und Verantwortung übernehmen. Dabei tat es Lisbethchen leid, daß die Kleine sich weh getan hatte, als sie an der Treppe ausgerutscht war. Wie oft hatte sie sie ermahnt, nicht herumzuturnen!

Was sie befürchtet hatte, war eingetreten. Es hatte gar nicht lange gedauert, da war Frieda aufgetaucht. Die Nachricht hatte sich schnell herumgesprochen.

Eigentlich waren alle nett zu ihr, und eigentlich freute sie sich auch über Besuch, aber gestern hatte sie nur den einen Wunsch gehabt: die Post beiseite zu schaffen. Seither kreisten ihre Gedanken nur noch um den Inhalt des Umschlags. Sie konnte zwar eins und eins zusammenzählen, aber die Hintergründe waren ihr noch nicht klar. Und solange sie die nicht wenigstens annähernd verstand, wollte sie mit niemandem über die Sache reden. Mit niemandem!

Vielleicht hätte sie vor drei Tagen den Einschreibebrief von Holger doch lesen sollen. Aber jetzt war es zu spät. Die blaue

Tonne war gestern morgen geleert worden. Doch dann überlegte sie: Wie lange war ein Brief innerhalb Deutschlands unterwegs? Sie war sich nicht sicher. Eigentlich achtete sie nie auf das Stempeldatum, wenn sie einen Brief erhielt. Ob sie die neue Postfrau fragen sollte? Ja, warum eigentlich nicht?

Susanna erfuhr die Nachricht schon von Tanja, die diesmal unter den desinteressierten Augen von Barbie den Hof kehrte, als sie vorbeikam.

Bei der alten Lisbeth Weinbrenner hatte es gestern fast gebrannt. Tanja erzählte ihr in allen Einzelheiten, die sich mittlerweile herumgesprochen hatten, was passiert war.

Susanna kam ins Grübeln. Die alte Frau hatte gestern keinen kranken Eindruck gemacht. Aber dieser eigenartige Umschlag! Plötzlich hatte sie alleine sein wollen. Eigentlich war das nichts Ungewöhnliches. Schließlich ging es Susanna ja auch nichts an, welche Post die Leute bekamen. Aber es war ihr schon ein bißchen peinlich gewesen, daß die alte Frau sich plötzlich abgewandt hatte. So, als ob Susanna neugierig auf ihre Post gewesen wäre! Dabei hatte sie Susanna doch in ein Gespräch verwickelt.

Es gab nichts Schöneres als diese Jahreszeit. Susanna liebte es, in kurzen Ärmeln ihren Dienst zu versehen. Leider gab es aber auch noch den Herbst und den Winter, und beide konnten unbarmherzig sein, zumindest wenn man draußen arbeiten mußte.

„Hier bläst es einem ja die Butter vom Brot!“ hatte einmal eine Bekannte aus Frankfurt gemosert. Manche wußten die rauhe Schönheit der Natur einfach nicht zu schätzen. Es war eben so: Entweder liebte man diese Gegend, oder man konnte ihr nicht das

Geringste abgewinnen. Dazwischen gab es nicht viel. Für die meisten Fremden war sie immerhin gewöhnungsbedürftig.

„Hey du!“

Das war auf jeden Fall gewöhnungsbedürftig! Mit „hey du“ ließ Susanna sich nicht gerne ansprechen. Die Chancen, daß ihr die Person, die das gerufen hatte, sympathisch war, standen ziemlich schlecht. Wer etwas von ihr wollte, sollte sich benehmen. Susanna ging weiter, ohne darauf zu reagieren.

„Hey, schöne Frau!“

Oh Gott, das wurde ja immer besser!

Susanna drehte sich nun doch um. „Reden Sie mit mir?“

„Ja, mit dir.“

Der Hof des Hauses, das sie gerade mit der Wurfsendung versorgt hatte, war pitschnaß. Als sie eben am Briefkasten gewesen war, hatte sie den etwa Vierzigjährigen, der hier mit Gummistiefeln und Kärcher stand, nicht bemerkt. Das Geschwätz paßte genau zum Rest der Erscheinung. Eines mußte man ihm lassen: bei ihm war alles harmonisch aufeinander abgestimmt. Rundum bescheiden.

„Wolltest du mir nicht die Post persönlich geben?“

„Nee.“ Susanna wandte sich zum Gehen. Sie kannte diesen Eindimensionalen, der sie in ein Gespräch verwickeln wollte, nicht. Das Niveau jedenfalls fand sie nicht gerade ansprechend.

„Hey, warum so unfreundlich?“

„Ich bin nicht unfreundlich!“ Mist. Er hatte es geschafft und sie zum Antworten gebracht! Susanna biß sich auf die Unterlippe.

„Doch! Du mußt mich doch hier gesehen haben.“

„Nein.“ Sie hätte es wissen müssen. Das Gespräch war in Gang gekommen. Sie war mittendrin.

„Na hör mal! Ich habe doch keine Tarnkappe auf!“

„Ich bin erstaunt, daß du das Wort kennst“, murmelte Susanna vor sich hin.

„Was hast du gesagt?“

„Nichts!“ Sie hob die Hand und ging. Zeit zum Aussteigen.

„Hey, halt mal!“ Jetzt kam der Typ auch noch hinter ihr hergelaufen. Sie blieb nicht stehen. Und das schien ihn wütend zu machen.

„Erst bist du unhöflich und dann auch noch frech.“

„Lassen Sie mich einfach meine Arbeit machen.“ Der größte Trottel mußte bemerken, daß sie das Wort „Sie“ verwendete. Ein Mensch mit normalen Manieren würde dann nicht weiter duzen. Bei älteren Menschen, aus deren Sicht sie ein junges Mädchen war, war das in Ordnung, aber bei einem solchen Blödmann keineswegs! Entweder bemerkte er es nicht oder machte es absichtlich. Wahrscheinlich war letzteres der Fall, und das ärgerte Susanna um so mehr.

„Arbeit machen! Wenn ich das schon höre! Arbeit nach Vorschrift, was! Briefe kommen in den Briefkasten. So hat man es gelernt, und so macht man das, wie? Ja nicht mitdenken, ja nicht flexibel sein, ja nicht höflich sein. Und wenn man die Kundschaft über den Haufen rennen muß oder sie behandelt wie Luft, egal. Briefe in den Briefkasten. So hat es der Oberbriefträger gesagt. Oder ist sich Madame nur zu fein, mit der Kundschaft zu reden?“

Langsam reichte es. Es gab nur zwei Möglichkeiten: Ohren auf Durchzug schalten und weitergehen, bis er aufgab, oder ihm eine Breitseite verpassen. Und das könnte Ärger geben, wenn er sich beschwerte. Das war zwar unwahrscheinlich, denn ein aufgeblasenes Windei schämte sich meist doch und hielt im Normalfall lieber den Mund, anstatt die Sache zur Belustigung aller an die große Glocke zu hängen. Aber sicher konnte man da nicht sein. Zwar hatte Susanna sich nichts vorzuwerfen und daher keine Angst vor einer Beschwerde seinerseits, aber unnötigen Diskussionen ging sie lieber aus dem Weg.

Leider gab es auch genügend Typen, die eine Niederlage nicht wegstecken konnten und irgendwann wieder auftauchten. Die beste Strategie hieß also: ignorieren und weitergehen. Genau das tat Susanna.

„Hey, jetzt willst du weglaufen, was? Meinst wohl, damit kannst du deine Probleme lösen?"

War der Kerl jetzt gänzlich übergeschnappt? War sie hier im falschen Film? So was!

„Wenn du nicht sofort stehenbleibst, beschwere ich mich bei deinem Chef!"

Prompt drehte sich Susanna um. „Das ist eine supergute Idee! Ich bitte darum. Übrigens habe ich eine Teamleiter*in*. Ihr Name ist Sigrun Bergmann, die Telefonnummer kann ich Ihnen geben, wenn Sie wollen."

„Ach du Scheiße! Ihr Weiber haltet zusammen, was? Deshalb glaubst du, hier so eine große Klappe riskieren zu können!"

So. Feierabend. Jetzt reichte es. Das lag nicht vorrangig an dem dummen Geschwätz, sondern daran, daß der blöde Kerl auf sie zukam. Verdammt noch mal! Warum war denn niemand hier draußen? Machten die Leute heute alle einen Ausflug? Wie es schien, würde sie gezwungen sein, ihre eigenen Methoden zur Abwehr lästiger Zeitgenossen anzuwenden. Auch gut. Ihr sollte es recht sein. Denn Susanna konnte sich sehr wohl wehren. Sie überlegte normalerweise dreimal, bevor sie zu drastischen

Maßnahmen griff, aber als der Typ sie an der Schulter faßte, war die Entscheidung gefallen.

Norbert Buchecker konnte vom Kellerfenster aus alles beobachten. Auf die Idee, Susanna zu Hilfe zu eilen, kam er nicht. Susanna und er kannten sich bereits aus der Schulzeit, und wenn er eines wußte, dann, daß Susanna so schnell keine männliche Hilfe benötigte. Dieser Schwachmatiker von Thomas Berentz war erst vor fünf Wochen hier eingezogen und hatte es gleich auf Anhieb geschafft, sich bei ihm und dem halben Dorf unbeliebt zu machen. Gottlob wohnte er nicht gleich nebenan. Dafür hatte es andere getroffen. Andrea und Joachim, die beiden netten jungen Leute zu Berentz' Linken, mußten mit diesem die Hof-einfahrt teilen. Zur Rechten lag das Häuschen der alten Erna, die gleich das Schlimmste befürchtet hatte, als bekannt wurde, daß die Tochter der kürzlich verstorbenen alten Frau Bodecker das stark renovierungsbedürftige Fachwerkhäuschen an einen aus Frankfurt vermietet hatte. Ernas Befürchtungen fußten durchaus auf reellen Erfahrungswerten. In den achtziger Jahren waren Horden von alternativen Großstädtern in die kleinen Dörfer eingefallen, um ein authentisches Landleben zu führen, oder was sie dafür gehalten hatten. Daß die Landbewohner noch nie etwas von dieser Art von Landleben gehört hatten, hatte sie zwar gewundert, aber nicht abgeschreckt. Voller Entzücken hatten sie ein vergammeltes Fachwerkhaus, in dem kein Einheimischer mehr wohnen wollte, nach dem anderen aufgekauft und, um wirklich authentisch zu leben, freilich nur notwendigste Renovierungen durchgeführt. Bei den Einheimischen waren sie dabei auf wenig Verständnis gestoßen. Die hatten sich derweil lieber am Ortsrand ein großes, neues Zweifamilienhaus errichtet und die Nase ob der unsauberen neuen Mitbewohner gerümpft. Was die wiederum nicht abschreckt hatte, die Landbewohner darüber aufzuklären, wie sie richtig ländlich zu leben hatten.

„Da kriege ich am Ende so einen ungewaschenen Dreckspatz in die Nachbarschaft!“ hatte die Erna geschimpft. „Der Tochter von der Lina ist doch egal, wer ins Elternhaus einzieht. Die ist weit fort! Hauptsache, die Mieteinnahmen stimmen. Die aus der Stadt sind hohe Preise gewohnt. Die sind so dumm und bezahlen auch noch gutes Geld für so eine Bruchbude. Da steht mir was bevor, das sag ich euch!“

Aber die Zeiten hatten sich längst geändert, und mittlerweile wollte auch kaum einer mehr den Landbewohner spielen, den es eigentlich nie gegeben hatte.

Trotzdem hatte Erna mit ihrem neuen Nachbarn kein Glück. Dieser Berentz war ein Kotzbrocken hoch fünf. Zwar genau das Gegenteil von dem, was Erna befürchtet hatte, aber mindestens genauso schlimm. Anfangs hatte sich jeder gefreut, daß Berentz sich mit Elan daran gemacht hatte, rundherum alles auf Hochglanz zu bringen. Aber das gelang nur insoweit, wie es der marode Zustand des Häuschens zuließ. Auf gut Deutsch: nicht allzu weit. Und das störte den Herrn Berentz ungemein. Daher suchte er Stunk nach allen Seiten.

„Was hat der sich denn gedacht, als er das alte Ding gemietet hat? Gemietet! Das sagt doch schon alles! Der hat in dem Alter noch nicht einmal das Geld, um das Häuschen zu kaufen. Muß sich auf Miete setzen! Und dann das Mundwerk aufreißen und den Feinen machen! Der hat doch gesehen, daß man aus dem Haus nichts machen kann. Aber das geschieht dem Mädchen von der

Lina recht. Hoffentlich ruft der die fünfmal am Tag an und meckert“, hatte Erna sich kopfschüttelnd aufgeregt, als der neue Nachbar sich plötzlich als Stinkstiefel entpuppt und begonnen hatte, sich über das vermeintlich ungepflegte Umfeld zu beschweren.

Norbert Buchecker konnte sich kaum halten vor Lachen, als Susanna kurzen Prozeß machte. Blitzschnell griff sie dem ahnungslosen Berentz gekonnt unter die Nase und drückte seinen Kopf nach hinten. Gegenwehr zwecklos. Schneller, als er schauen konnte, fand er sich auf der Straße sitzend. Während es ihm die Sprache verschlug, setzte Susanna ungerührt ihren Weg fort und war längst verschwunden, ehe Berentz wieder normal atmen konnte.

„Tja, mein Guter. So buchstabiert man bei uns Selbstverteidigung“, murmelte Norbert grinsend vor sich hin und trat hinaus auf den Bürgersteig.

„Is' was, Berentz? Du siehst so geknickt aus.“

„Halt's Maul. Das wird ein Nachspiel haben, das sag ich dir.“

„Was hast du denn?“ tat Norbert scheinheilig.

„Tu doch nicht so! Wie ich dich kenne, hast du mit Vergnügen zugeschaut.“

„Wobei denn?“

Berentz warf ihm einen vernichtenden Blick zu und rappelte sich auf.

„Was ist denn los gewesen? Du maulst hier rum! Was liegt dir denn jetzt schon wieder für ein Furz quer? Oder ist das schon chronisch bei dir?“

Berentz schöpfte Hoffnung. Vielleicht hatte man ihn wirklich nicht bei dieser Peinlichkeit beobachtet. Ohne zu antworten und ohne sich noch einmal umzudrehen, ging er ins Haus. Hätte er sich umgeschaut, wäre ihm aufgefallen, daß Norbert sich nur mühsam geradehalten konnte.

„Na, was hört man denn von Ihnen für Sachen, Frau Weinbrenner?“

„Ach, die Leute erzählen immer so viel. Es war gar nichts. Mir war nur schlecht geworden. Immer so ein Trara wegen Kleinigkeiten!“

„Na ja ...“ Susanna versuchte, einen Blick an Lisbethchen vorbei in die Küche zu werfen, konnte aber nichts Spektakuläres erkennen. Wahrscheinlich wurde wieder einmal übertrieben. Bis eine Geschichte am anderen Ende des Dorfes ankam, hörte sie sich doppelt so dramatisch an wie die Wirklichkeit.

Lisbethchen beugte sich aus dem Fenster. In der einen Hand hielt sie ein Küchentuch.

„Habe ich heute etwa schon wieder Post?“

„Klar.“

Lisbethchen erschrak.

„Heute hat jeder Post. Wurfsendung.“

„Ach so.“ Lisbethchen klang erleichtert. „Sag mal, wie lange braucht ein Brief normalerweise?“

„Kommt drauf an, wo er herkommt. Innerhalb Deutschlands, wenn nichts dazwischen kommt, einen Tag oder auch zwei, je nachdem, wann er eingeworfen wurde.“

„Aha. Das ist aber schnell!“

„Ja, eigentlich dürfen sich die Leute nicht ständig beschweren. Schneller geht es nicht, und anderswo dauert es oft länger.“

„Die Leute beschweren sich doch immer. Sonst fehlt ihnen etwas."

„Da haben Sie leider recht. Tschüs! Schönen Tag noch!"

„Ebenfalls!"

Ein oder zwei Tage, überlegte Lisbethchen. Hier stimmte etwas nicht. Hier stimmte ohnehin etwas nicht.

Heinrich Becker hatte sich entschlossen: Er würde sich keine neuen Hühner mehr zulegen. Und auch sonst keine Tiere. Schluß. Aus. Das Hühnerhaus war bereits ausgemistet, die Nester saubergemacht und die Tür verschlossen. Heinrich wunderte sich nicht unbedingt darüber, daß zwei der Köpfe gefehlt hatten. Auch nicht, daß es einen Marder ins Hühnerhaus gezogen haben könnte, obwohl gerade keine Eier da waren. Die nahm Heinrich nämlich immer gleich mit ins Haus. Nur noch die Gipseier hatten in den Nestern gelegen. Aber das hatte ein Marder ja nicht unbedingt wissen können. Von flatternden Hühnern in einen Blutrausch versetzt, hätte er tatsächlich wild um sich beißen können. Dennoch: Beim besten Willen ließ sich nicht erkennen, wie und wo ein Marder in das gut verschlossene Hühnerhaus hätte eindringen können. Als Heinrich am Abend zuvor die Klappe geschlossen hatte, hatte Ruhe und Frieden unter den Tieren geherrscht. Doch was Heinrich besonders mißtrauisch machte, war die Tatsache, daß es schon einen Zwischenfall gegeben hatte. Eine Woche zuvor. Da hatte eine tote Maus in seinem Briefkasten gelegen. Was für ein Glück, daß Minchen kaum noch aus ihrem Sessel aufstand und er es war, der die Post zu holen pflegte! Heinrich hatte das Gefühl, daß derjenige, der die Maus dort hineingelegt hatte, auch genau darüber Bescheid wußte. Neben der Maus hatte nämlich ein Zettel gelegen:

Bis jetzt ist keiner dahintergekommen. Ob es so bleibt, entscheidest Du!

Wer konnte dieser Dreckskerl sein? Und wo kam er jetzt auf einmal her? Nach so vielen Jahren? Die entscheidende Frage jedoch war: Was wollte er?

Drei Wochen war Susanna nicht bei den Bienen gewesen. Normalerweise schaute sie ab Frühjahr so oft wie möglich vorbei, um festzustellen, ob die Tiere auch Pollen trugen. Zudem wollte sie sicher gehen, daß keine neue Königin nachgezogen wurde. Das sollte nicht passieren, weil die alte sonst mit einem Schwarm den Stock verlassen würde.

Heute nach Feierabend würde sie wieder einmal bei den Kästen vorbeischauen, entschloß sie sich.

Die kleine Showeinlage von eben hatte Spaß gemacht.

So hatte jedes Ärgernis doch noch etwas Gutes. Susanna ließ den Zustellkarren los und trippelte mit ein paar Tanzschritten über den Bürgersteig: „Ein bißchen Spaß muß sein, dann ist die Welt voll Sonnenschein.“ Dann schnappte sie sich mit Schwung den Griff des Karrens und zog weiter. Schade, daß sie kein Publikum gehabt hatte! Die Einlage war wirklich filmreif gewesen. Aber vielleicht hatte sie ja doch jemand gesehen! Schließlich wußte man nie, wer so hinter den Gardinen lauerte. Auch Berentz hatte eine gute Figur abgegeben – als Trottel. Ob er sich wohl über sie beschweren würde? Zuzutrauen war es solchen Deppen wie ihm. Hauptsache mosern, auch wenn die Sache nach hinten losging. Und dafür würde sie dann schon sorgen. Die Chancen allerdings, daß bei einem Arroganzling wie ihm die Angst vor der Schadenfreude der Nachbarn und seiner eigenen Blamage die Überhand gewann, standen hoch. Mit Mitgefühl konnten Typen wie er erfahrungsgemäß nicht rechnen.

„Susi! Susi, warte mal!“

Sie drehte sich um. „Norbert! Hallo!“

Norbert kam schnaufend auf sie zugelaufen. Er hatte eine Weile gewartet, bevor er ihr hinterherging. Berentz mußte nicht unbedingt wissen, daß er Susanna kannte.

„Hallo, Susi. Na, wie geht’s?“

„Was machst du denn am hellichten Tag daheim?“

„Urlaub.“

„Hast du’s gut!“

„Ich habe eben deinen Auftritt bewundert.“

„Ach ja?“ Susanna stemmte die Hände in die Hüften. „Und du hast es nicht für nötig befunden, mir zu Hilfe zu eilen?“ Ihr Ton verriet, daß dies kein ernsthafter Vorwurf war.

„Auf keinen Fall!“ rief Norbert mit gespielter Entrüstung. „Dafür kenne ich dich viel zu gut. Bei deinem Temperament hätte ich am Ende auch noch etwas abbekommen. Wenn du einmal am Verteilen bist ...“

„Stimmt. Das hätte passieren können.“

„Siehst du! Aber Spaß beiseite, natürlich hätte ich eingegriffen, wenn ich das Gefühl gehabt hätte, die Sache würde ernst werden.“

„Weiß ich doch, Norbert. Hauptsache, du hast alles gesehen! Komm, geh ein Stück mit!“ forderte sie ihn auf und ging los.

Norbert schaute sie von der Seite an und grinste. „Susanna Greiner, die Rächerin der Badhausener! Unser aller Hochachtung wird dir sicher sein, sobald ich dafür gesorgt habe, daß die Nachricht über deinen Einsatz hier die Runde macht."

„Komm, hör auf, Norbert. Das gibt nur Ärger. Wenn der Typ bekloppt genug ist, beschwert er sich selbst. Dann kannst du mich immer noch als Zeuge entlasten. Von wegen Notwehr und so. In dem Fall bekommst du sogar einen Spaßbonus. Wenn er aber seinen Mund hält, habe ich in Zukunft wohl Ruhe. Oder auch nicht."

„Genau: oder auch nicht. Du kannst dir gar nicht vorstellen, was für ein Arsch dieser Berentz ist. Der hat in Rekordgeschwindigkeit die ganze Nachbarschaft gegen sich aufgebracht."

„Das glaube ich gern. Der Mensch hat Talent."

Lisbethchen stand gerade auf ihrem Hof, als sie die Türklingel hörte. Unbekümmert ging sie ums Haus herum, um nachzuschauen, wer gekommen war. Als sie sah, wer da auf der Treppe stand, erschrak sie heftig. Blitzschnell zog sie sich zurück. Glücklicherweise hatte sie nicht gerufen, und gesehen hatte man sie offenbar auch nicht. Aber was sollte sie jetzt machen? So tun, als ob sie gar nicht zu Hause sei? Wie versteinert hörte sie, wie Schritte die Treppe herunterkamen. Schnell huschte sie zur Hintertür hinein ins Haus und schloß ab. Dann lief sie leise in die Küche, wartete und schaute schließlich vorsichtig aus dem Fenster. Niemand war mehr zu sehen. Gott sei Dank! Sicherheitshalber wollte sie noch ans Wohnzimmerfenster gehen, von wo aus sie direkt auf die Straße blicken konnte.

Plötzlich jedoch hörte sie Katharinas Stimme: „Sie muß aber zu Hause sein!" Es schellte erneut an der Tür. „Tante Lisbeth!"

Was sollte sie jetzt bloß machen?

„Hast du schon im Garten bei den Hühnern nachgeschaut?" hörte sie Katharina fragen. „Dann schauen wir zuerst dort. Komm mit."

Wieder waren Schritte zu hören. Dann Katharina: „Weißt du, die Tante Lisbeth ist krank. Gestern ist sie ohnmächtig geworden, und wenn ich sie nicht gefunden hätte, wäre das ganze Haus abgebrannt. Wenn sie jetzt nicht im Garten ist, müssen wir den Notarzt holen!"

Oh Gott, bloß das nicht! Lisbethchen erschrak und fühlte, wie es sie heiß durchlief. Dadurch erschrak sie noch mehr, und für einen Moment wurde ihr schwarz vor Augen. Sie hielt sich kurz am Küchentisch fest, bis es besser ging. Es half nichts. Sie mußte aufmachen.

Susanna fuhr in ihrem privaten Wagen, einem Lupo, auf der Landstraße in Richtung Garten. Feierabend! „Wir treffen heute unsre Freundin Biene Maja!" schmetterte sie lauthals. Diesmal ohne Begleitung aus der Stereoanlage, denn das Lied besaß sie nicht auf CD. Das Seitenfenster war heruntergekurbelt. Wenn sie im Garten angekommen war, würden ihre roten Locken so zerzaust sein, daß sie zu Hause lange würde kämmen müssen, um sie wieder in einen vorzeigbaren Zustand zu versetzen. Aber den Bienen war es wurst, wie sie aussah, und ihr im Moment auch. Hauptsache, sie bekam Luft und Sonne pur!

Susanna parkte vor dem Gartentor und suchte den richtigen Schlüssel am Bund heraus. Doch dann sah sie, daß ihre Mutter im Garten werkelte. Sie zog das unverschlossene Tor auf und ging hinein.

„Hallo, Susannchen!"

„Grüß dich."

„Mir ist es gar nicht wohl, daß die Bienenkästen hier stehen, wo ich doch hier arbeiten muß", begann ihre Mutter standardmäßig zu zetern.

„Was soll dir denn passieren? Der Garten ist groß, und dein Grabland ist weit genug von den Kästen weg. Jetzt stell dich nicht so an."

„Wenn ich eines Tages nicht nach Hause komme, weißt du, was passiert ist."

„Das bekomme ich dann gar nicht mit."

„Wieso?"

„Weil ich nicht mehr zu Hause wohne."

„Ach, laß doch die blöden Bemerkungen. Ob man dir etwas sagt oder nicht: zum einen Ohr hinein und zum anderen hinaus."

„Was hast du gesagt, Mutti?" Susanna nahm ihre Mutter in den Arm und drückte ihr einen dicken Kuß auf die Wange. „Soll ich dir etwas helfen?"

„Nein. Ich schaffe das schon alleine. Ich bin froh, wenn ich etwas zu wursteln habe."

„Na dann." Susanna ging zum Gartenhäuschen und holte ihren Strohhut mit Schleier sowie die Schutzhandschuhe hervor.

„Du siehst aus wie eine Vogelscheuche", meinte ihre Mutter.

„Danke für das Kompliment. Ich fand Vogelscheuchen schon immer schön."

Einen Moment lang beobachtete Susanna die auf dem Flugbrett landenden Bienen. Sie trugen Pollen. Prima. Dann war wohl alles in Ordnung. Vorsichtig machte sie sich daran, die einzelnen Waben eine nach der anderen herauszuziehen und nachzuschauen, ob eine neue Königin nachgezogen wurde, aber keine der Zellen schien ihr größer als die anderen zu sein. Zudem sah sie die alte Königin, wie sie zwischen den Bienen herumlief. Sie erkannte sie, weil sie größer war als die anderen. Alles schien in bester Ordnung zu sein.

Nach nahezu einer Stunde verschloß sie die Kästen wieder und entledigte sich des Hutes und der Handschuhe.

„Fertig!“ rief sie.

„Was du dir für eine Arbeit machst!“ Die Mutter schüttelte den Kopf.

„Und du erst! Soll ich dich nach Hause fahren? Ich will nämlich gleich wieder los“, antwortete sie.

„Ich bin doch noch nicht fertig, wie du siehst.“

„Soll ich dir helfen?“

„Nei-ein. Du hast ja wieder keine Zeit.“

Susanna grinste. „Na gut. Dann mache ich mich wieder vom Acker!“

„Halt, warte! Nimm dir noch Salat mit!“

Mit einem Messer bewaffnet, eilte ihre Mutter hinüber zum Salatbeet. Kritisch prüfte sie mit dem Zeigefinger die Herzen, wählte die beiden prallsten Köpfe aus und schnitt sie ab.

„Hast du was im Auto, wo du sie hineintun kannst?“

„Ja. Danke dir. Tschüs!“

Susanna packte die beiden Salatköpfe, hob die Hand zum Abschied und ging zu ihrem Wagen.

5. Tag

Tanja stand schon grinsend vor der Tür, als Susanna auf den Hof kam. Entweder verbrachte sie den ganzen Sommer im Freien, oder sie konnte von einem der Fenster aus Susanna kommen sehen.

„Na? Du hast wohl gestern eine kleine, aber effektive Kung Fu Vorstellung gegeben, wie ich gehört habe“, freute sie sich.

„Oh nein! Hat es sich schon herumgesprochen? Ich habe es befürchtet!“

„Wieso? Ich find’s lustig!“

„Das glaube ich gern.“

„Bist du heute schon an seinem Haus vorbeigekommen?“

„Nee! Erinnere mich bitte nicht daran! Abgesehen davon hoffe ich, daß der Mensch mal ausnahmsweise unterwegs ist. Ich habe gehört, er wäre im Außendienst.“

„Ja, habe ich auch gehört. Ich frage mich, was der so verkauft. Kann nichts Tolles sein. Wer will von dem alten Motzkopp denn etwas haben?“

Plötzlich reckte Tanja den Hals und schaute Richtung Straße.

„Guten Morgen!“ lachte sie aufgeregt, als ein gut gekleideter Mann zwischen Ende dreißig und Anfang vierzig auf der Straße vorbeiging. „Schönes Wetter für einen Spaziergang, nicht wahr?“

„Ja, ich nutze jede Minute!“ rief der Mann, ohne stehenzubleiben.

Tanja strahlte ihm hinterher. „Viel Spaß!“

Er hob die Hand zum Gruß.

Susanna, die sich im Hintergrund gehalten hatte, schaute Tanja grinsend von der Seite an, doch die ignorierte es.

„Der hat zehnmal mehr Niveau als dieser Berentz, das kann ich dir sagen", meinte sie statt dessen.

„Dazu gehört auch nicht viel. Und was hat er mit Berentz zu tun?"

„Nichts, aber schau doch mal. Der Mann eben, er heißt übrigens Michael Reinhausen, kommt aus Frankfurt und verbringt jede freie Minute in Badhausen. Da denkst du doch, er schippert irgendwo in der Karibik herum, so wie er aussieht ..."

„Na, jetzt übertreib mal nicht!"

„... und trotzdem ist er zufrieden mit einem schlichten Fremdenzimmer und einem einfachen Frühstück. Meinst du, der würde rumnölen? Nee! Dafür hat er viel zu viel Stil, sage ich dir."

Es war offensichtlich, daß Tanja von ihm äußerst angetan war.

Frieda lehnte sich aus dem Fenster, als Susanna vorbeikam. Sie hatte bunte Lockenwickler im Haar, die etwas Farbe ins Grau brachten.

„Morgen. Ich gebe Ihnen die Post gleich hier am Fenster, ja?"

„Gern, mein Kind."

Susanna war es nicht anders gewohnt. Wahrscheinlich würde sie noch mit fünfzig von einigen als Kind angesprochen werden.

Frieda ließ Susanna nicht aus den Augen, als diese die Briefe noch einmal kontrollierte, bevor sie sie ihr in die Hand drückte. Susanna mochte es nicht, wenn Leute sie anstarrten. Hier war es offensichtlich, daß gleich ein Kommentar oder eine Frage kommen würde. So war es dann auch.

„Hat dich der Kerl gestern anpacken wollen, Kind?"

Susanna seufzte. „Mich packt so schnell keiner an."

Frieda grinste. „Also, Mädchen, die sich schlagen, hätte es ja zu meiner Zeit net gegeben.“

„Ich habe mich nicht geschlagen. Ich habe mich gewehrt!“

„Ja, so ist das heutzutage. Mitten am hellichten Tag, mitten auf der Straße, und keiner da, der einem helfen will.“ Sie musterte Susanna vielsagend.

„Och, ich konnte mir ja ganz gut selbst helfen. Schönen Tag noch!“

Susanna wandte sich zum Gehen. Dies waren Gespräche, die sie nicht mochte. Plötzlich konnte sich herausstellen, daß hinter der Freundlichkeit nur Boshaftigkeit steckte, die bei passender Gelegenheit zum Besten gegeben wurde. Meist gut versteckt und nicht direkt. Frauen nutzten diese Taktik öfter als Männer, hatte Susanna erfahren müssen. Männer waren einfacher strukturiert. Sie redeten nicht um den heißen Brei herum und kamen, wenn sie es dennoch taten, zumindest schneller zur Sache. Da wußte man wenigstens, woran man war, und wenn es einem nicht paßte, bekam derjenige einfach eine passende, klare Antwort. Die verstand er dann auch meistens.

Susanna ging weiter die Straße entlang.

„Gehst du net rüber zu den Beckers? Oder gehst du erst auf dieser Seite weiter?“

Das durfte doch nicht wahr sein! Sorgen hatte die Frau!

„Ich gehe auf dieser Seite weiter und dann auf der anderen zurück. Das haben Sie doch ganz sicher schon in den letzten Tagen beobachtet.“

„Ja, sicher, Kind. Die Else hat nur immer im Zickzack ausgetragen.“

„Das glaube ich nicht. Erstens gehen wir nach gleichem Schema, und zweitens muß ich eh wieder diese Straße zurück, warum sollte ich da herumspringen und mich überfahren lassen?“

Später kam Susanna an Norberts Haus vorbei, aber Norbert hatte wohl heute keinen Urlaub mehr. Sie mußte klingeln, denn sie hatte einen großen Umschlag auszuliefern. Die Tür wurde von Norberts Mutter geöffnet.

„Ach, die Susanna! Wie geht es dir denn?“

„Gut. Und selbst?“

„Och, na ja. Was will man klagen.“

„Ich habe einen Umschlag für Norbert.“

„Gebe ich ihm.“ Sie streckte die Hand aus.

„Alles klar. Sagen Sie ihm einen schönen Gruß von mir, ja?“

„Gerne!“

Susanna drehte sich zum Gehen.

„Ach, Susanna!“

Susanna wußte, was jetzt kam.

„Wenn der da drüben“, Norberts Mutter nickte in Richtung Berentz, „dir noch einmal quer kommt, dann klingelst du hier, ja? Gestern war ich ja nicht da, deshalb habe ich nichts mitbekommen.“

„Das ist nett. Danke!“

Als Berentz’ Haus an der Reihe war, holte Susanna einmal tief Luft. Nichts rührte sich. Wahrscheinlich war er heute unterwegs. Oder er zeigte sich nicht. Susanna steckte einen Brief in den Kasten. Die Metallklappe schepperte laut, als sie sie fallenließ. Spätestens jetzt mußte er sie unter normalen Umständen gehört haben. Aber nichts tat sich. Susanna ging weiter. Als sie sich nach ein paar Schritten noch einmal umdrehte, hätte sie wetten können, daß sich am Dachfenster der Vorhang bewegt hatte.

Lisbethchen hatte schon wieder, unter anderem, einen gepolsterten Umschlag, wenn auch einen kleinen dünnen. Daß ältere Leute soviel Post bekamen, war ungewöhnlich. Susanna hatte da so ihre Erfahrungswerte. Der Umschlag würde heute wohl leicht durch den Briefschlitz passen, so daß Susanna keine Zeit verplempern mußte. Sie konnte ihn mit den anderen Briefen einwerfen und weitergehen. Verstohlen schaute sie ihn an, während sie die Treppenstufen zum Vorbau hochstieg. Er hatte wieder keinen Absender.

Susanna hob die Klappe und schob alles zusammen durch den Schlitz. Die Briefe fielen drinnen mit einem dumpfen Platsch auf den Boden

Lisbethchens Küchenfenster war heute geschlossen. Zum ersten Mal, seit Susanna die Post in Badhausen austrug.

Die kleine Katharina nahm ihre Verpflichtungen stets ernst. Nach der Schule wurden zuerst die Bommels mit Futter und Streicheleinheiten versorgt, bevor sie sich selbst an den Tisch setzte und aß. Manchmal, wenn ihre Mutter schon mit dem Essen wartete, machte sie eine Ausnahme und aß vorher. Aber neuerdings wartete noch eine zweite Verpflichtung auf sie, die sie sich auch nicht nehmen ließ. Gleich wenn sie von der Bushaltestelle nach Hause gelaufen kam, schaute sie nach Tante Lisbeth. Zuerst allerdings legte sie den Ranzen zu Hause ab und sagte Mutti hallo.

Auf dem Weg von der Bushaltestelle schaute sie hinauf zu Lisbethchens Küchenfenster, das gewöhnlich im Sommer den ganzen Tag über offenstand. Doch heute war es geschlossen. Katharina wunderte sich, und beeilte sich, nach Hause zu kommen.

„Hallo, Schätzchen!" Mutti bückte sich und gab ihr einen Kuß auf die Stirn.

„Hallo, Mama! Mann, habe ich einen Kohldampf! Was gibt es denn?"

„Spaghetti mit Tomatensoße!"

„Oh, klasse! Prima! Ich laufe schnell zu Tante Lisbeth hinüber und schaue, ob es ihr gut geht. Dann sehe ich nach den Bommels. Ich beeile mich auch."

Sie warf den Ranzen auf einen der Küchenstühle und wollte sofort loslaufen.

„Schatz, bleib hier. Das Essen steht schon auf dem Tisch. Sonst wird es kalt."

Gisela Schneeberger brachte es nicht übers Herz, ihrer Tochter die Freude auf die Spaghetti zu verderben. Zum Glück war sie gestern zeitig zu Bett gegangen, und heute morgen vor der Schule war es zu früh gewesen, um nach Lisbethchen zu sehen.

Geschafft! Feierabend! Susanna packte ihren Karren in den Wagen, stieg ein und ließ den Motor an. Sofort begann sie, durch die Radioprogramme zu zappen. Und wurde fündig. „Crying at the discotheque", eines ihrer Lieblingslieder, machte nach wie vor richtig Laune. Am Ortsrand drehte sie lauter.

Und dann sah sie ihn auf einem Feldweg: Michael Reinhausen. O là là. Er war nicht allein. Neben ihm ging Tanja. Mit Hund

Barbie, aber ohne Kind. Tanja mußte eines haben. Das schloß Susanna aus den Spielsachen, die immer vor dem Haus lagen.

Hatte sie es also geschafft! Für welche Ausreden Hunde doch herhalten mußten! Susanna grinste. „Tanja, schäm dich! Eine Familienfrau, und dann so was!“ murmelte sie ironisch. Andererseits, so fiel ihr ein, wußte sie gar nicht, ob Tanja ‚bemannt‘ war. Vielleicht war sie ja geschieden, getrennt lebend oder hatte nie einen Ehemann oder Lebensgefährten gehabt. Sie nahm sich vor, bei nächster Gelegenheit nachzufragen.

Sie nahm sich ebenfalls vor, Tanja ein bißchen zu ärgern. Dann konzentrierte sie sich auf den heutigen Abend, denn sie hatte sich endlich wieder einmal mit Sybille, einer ihrer besten Freundinnen, verabredet. Man kam ja zu nichts mehr! Zusammen wollten sie bei Susanna im Hof grillen. Ein langer Abend durfte es allerdings nicht werden, denn Susanna hatte am nächsten Tag, einem Samstag, Dienst. Sybille dagegen hatte frei und würde vielleicht nicht von sich aus daran denken, früh aufzubrechen. Dann würde Susanna etwas nachhelfen müssen. Trotz des morgigen Arbeitstages war für sie schon Wochenendstimmung angesagt, weshalb sie gegen das Treffen nichts einzuwenden hatte.

An Samstagen sahen die Dörfer anders aus. Überall werkelten die Leute draußen an den Häusern oder waren im Garten zugange. Manche wienerten an ihren Autos herum. Andere wiederum fuhren einkaufen oder kamen gerade zurück und luden den Kofferraum aus.

So war das. Wenn man bedachte, daß immer weniger Leute den klassischen Arbeitszeiten nachgingen, verwunderte es einen manchmal schon ein wenig, wie die Menschen den ursprünglichen Wochenrhythmus verinnerlicht hatten. Andererseits hatte Susanna sich früher oft gewundert, wieviele Leute zur typischen Arbeitszeit in der Stadt unterwegs waren.

Susanna fuhr mit Schwung in den Kreisel vor Borsigenbach. Ui! Der Hügel war so gut wie wiederhergerichtet. Dann würde nächste Woche die Gitti mit ihrer Bepflanzung zum Zug kommen, und alles war wieder paletti.

6. Tag

Susanna trug die Post heute mit Sonnenbrille aus. Das war auch notwendig, denn die Sonnenstrahlen konnten ungemein störend sein. Sie hätte es wissen müssen! Sybille war zwar in der guten Absicht gekommen, Susanna nicht überzustrapazieren, und hätte sich wohl auch an ihre guten Vorsätze gehalten, wären da nicht zufällig Berndi und André vorbeigekommen. Vielleicht war es auch nicht wirklich der Zufall, der sie zu ihnen geführt hatte. Der Würstchenduft vom Grill und die Musik aus dem CD-Player waren nämlich nicht nur auf dem Grundstück, sondern auch auf der Straße zu vernehmen gewesen, von Susannas und Sybilles Lachen ganz zu schweigen. Eigentlich ein Wunder, daß nicht noch mehr Überraschungsgäste eingetrudelt waren.

Berndi wohnte in Borsigenbach. Susanna kannte ihn schon ewig. André Jensen war erst kürzlich aus Kiel zugezogen und arbeitete in der Praxis von Dr. Schmitz in Niederhüttenhausen. Da Dr. Schmitz nicht mehr der jüngste war, spekulierte jeder damit, daß André über kurz oder lang die Praxis übernehmen würde. Warum sonst sollte es ihn ausgerechnet nach Niederhüttenhausen verschlagen haben, wo er sich vorerst in einer kleinen Dachgeschoßwohnung eingemietet hatte? Die notorisch Neugierigen hatten sogleich versucht, herauszufinden, wie und warum ausgerechnet diese beiden Mediziner durch halb Deutschland zusammengefunden hatten. Aus Andrea, der Sprechstundenhilfe, die normalerweise alles wußte, war leider nichts Sinnvolles herauszubekommen, außer daß sie in den höchsten Tönen von Herrn Jensen schwärmte. Ja, von Herrn

Jensen, nicht von Dr. Jensen. Womit sie wiederum Verwirrung bei einigen älteren Patienten stiftete und ihre Mühe hatte, ihnen beizubringen, daß Herr Jensen zwar Doktor, sprich Arzt war, aber eben keinen Doktortitel besaß, zumindest noch nicht. Da war aber das Kind schon in den Brunnen gefallen. Und so teilte sich die Patientenschaft in die Fraktion der jüngeren, hauptsächlich weiblichen Anhänger, die Herrn Jensen und den frischen Wind, den er in die Praxis brachte, begrüßten, und in die Fraktion derer, die lieber auf Nummer sicher gingen und Dr. Schmitz die Treue hielten. Kurzum, die Arbeitsteilung war ausgewogen.

Andrea wollte partout nichts von irgendwelchen Ruhestands- und Praxisübergabeplänen wissen. Also hatte man sich darauf geeinigt, daß es wohl so etwas wie eine Ärztezeitung geben mußte, in der Dr. Schmitz ein Inserat „Nachfolger gesucht“ geschaltet hatte, ohne Andrea zu informieren.

Seit der ersten Begegnung hatte André ein Auge auf Susanna geworfen, vielleicht war auch dies ein Grund, warum er so zufällig mit Berndi an ihrem Haus vorbeigekommen war. Susanna hatte dagegen nichts einzuwenden. Ganz im Gegenteil. Ihr gefiel der Mann aus dem hohen Norden auf Anhieb. Er war die Ruhe in Person, gar nicht wie sie selbst. Aber Gegensätze zogen sich bekanntlich an. In weichem Kontrast zu seinen hellblonden Haaren, die er halblang trug, standen die braunen Rehaugen. Groß gewachsen war er, nicht sehr breit um die Schultern, eher ein bißchen zu schmal geraten für Susannas Geschmack, die es gerne handfest mochte. Aber das störte sie dennoch nicht. Seinem zurückhaltenden Lächeln konnte sie nicht widerstehen, tat aber tunlichst so, als ob. Denn die halbe Damenwelt von

Niederhüttenhausen und Umgebung hatte sich an seine Fersen geheftet, und das letzte, was Susanna wollte, war, sich in einen Pulk von Verehrerinnen einzureihen. Zu peinlich, wie sie ihm hinterherliefen! Und er schien es gar nicht zu mögen. Viel zu zurückhaltend war er, was wiederum für seinen Charakter sprach, denn nur wenige Menschen, gleich ob Männlein oder Weiblein, nutzten eine solche Situation nicht aus. Nein, Susannas Strategie war die der Zurückhaltung, und sie funktionierte ganz offensichtlich.

Es war ein fröhlicher Abend geworden. Anständig waren sie geblieben, was Susanna fast ein bißchen bedauerte. Ihre Caipirinhas hatten regen Absatz gefunden, außer bei André, der noch hatte nach Hause fahren müssen. Sie selbst hatte fröhlich zugelangt, und daher blinzelte sie jetzt mit verschwollenen Augen in die Sonne. Das mulmige Gefühl in der Magengegend stieg regelmäßig bis zum Hals, wann immer sie an einem der geöffneten Küchenfenster vorbeikam, aus denen ein penetranter Essensgeruch entwich. Was gestern abend noch durchaus appetitanregend gewirkt hätte, stieß sie heute mächtig ab.

Sie hatte noch nicht einmal richtig Lust, Tanja zu ärgern. Es war wirklich schlecht um sie bestellt. Aber sie hätte ohnehin keinen großen Erfolg gehabt, denn von Tanja war weit und breit nichts zu sehen, als sie die Post in ihren Kasten warf. Dies war eigentlich nicht sonderlich verwunderlich, denn Samstag war für die meisten Familieneinkaufstag. Bestimmt hatte Tanja doch einen Mann und war mit ihm und dem Kind unterwegs, um Großeinkäufe für die nächste Woche zu tätigen. Susanna grinste innerlich. Sicherlich war sie nicht die einzige gewesen, die Tanja mit diesem Michael Reinhausen zusammen hatte spazierengehen sehen. Von gestern auf heute war die Mär bestimmt schon bei den größten Schandmäulern des Dorfes angelangt. Da Tanja nicht zu Hause oder zumindest nicht in Sichtweite war, konnte Susanna ihre durchaus nicht böse gemeinten Sticheleien leider nicht an die Frau bringen.

Aber somit erfuhr sie auch nicht gleich zu Anfang ihrer Runde, was mit der alten Lisbeth Weinbrenner passiert war.

Die kleine Katharina hatte es gestern nach dem Essen schon erfahren.

Und Heinrich Becker auch. Der hatte nicht nur Mitleid, sondern machte sich noch ganz andere Gedanken.

„Da ist niemand zu Hause!“

Wie Susanna diese ungefragten Auskünfte liebte! Unbeeindruckt klingelte sie an Lisbeth Weinbrenners Tür. Grundsätzlich verließ sie sich nur auf das, was sie selbst herausfand. Denn schon oft genug war es vorgekommen, daß die vermeintlich Abwesenden am Ende doch da waren. Selbst die allwissendsten Nachbarn, die jede Bewegung auf der Straße neugierig verfolgten, hatten manchmal ihren unaufmerksamen Moment und verpaßten die Rückkehr eines Nachbarn, den sie zuvor hatten weggehen sehen.

Susanna suchte die Quelle der Stimme und fand sie im Vorgarten des Nachbarhauses.

„Ach, du bist es, Gisela! Ich hatte deine Stimme glatt nicht erkannt.“

Susanna hielt einen Katalog für Lisbethchen in der Hand. Und der ging nicht durch den Briefschlitz.

Gisela schien recht zu haben. Niemand öffnete. Also ging Susanna zu ihr hinüber.

„Du kannst die Post ruhig mir geben. Ich gehe das Lisbethchen morgen wieder besuchen.“ Gisela Schneeberger strich sich eine dunkelbraune Locke hinters Ohr. Sie fiel sofort wieder ins Gesicht.

„Besuchen?“

„Ja, sie liegt im Krankenhaus.“

„Ach! Ich habe doch vorgestern noch mit ihr gesprochen, und da klang sie recht fit. Hat es etwas damit zu tun, daß sie vor ein paar Tagen ohnmächtig geworden war?“

„Sie ist vorgestern abend wieder umgekippt.“ Gisela schüttelte besorgt den Kopf.

Ach, dachte Susanna, dann war Tanja aber gestern morgen nicht auf dem neuesten Stand gewesen, sonst hätte sie die Neuigkeit sofort erzählt.

„Die Sache hätte sie nicht auf die leichte Schulter nehmen dürfen“, fuhr Gisela fort. „Den Mund habe ich mir fusselig geredet, aber sie wollte keinen Arzt. Vorgestern abend habe ich sie dann wieder gefunden. Hinter dem Haus im Hof hat sie gelegen. Nicht nur, daß sie mit dem Kopf auf die Betonplatten gefallen ist, auch das Bein hat sie sich aufgeschrammt. Jetzt liegt sie in Dillenburg im Krankenhaus. Ich fahre, wie gesagt, hin, um sie zu besuchen. Sie hat doch sonst niemanden.“

„Die Arme! Hat sie keine Verwandtschaft?“

„Es gibt einen Enkel. Aber sie ist froh, wenn sie von dem nichts hört und sieht. Mit dem ist grad gar nichts los.“

„Wieso?“

„Kommt nur, wenn er was braucht. Wenn es ums Geld geht, ist das Lisbethchen gut genug, ansonsten interessiert er sich nicht die Bohne für seine Oma.“

„Traurig.“

„Allerdings! Es gibt noch eine Schwiegertochter, aber die lebt mit ihrem neuen Mann auf Mallorca. Lisbethchens Sohn ist doch tödlich verunglückt. Ja, und nun schaue ich halt nach ihr, so gut es geht, wobei ich sagen muß, daß die Katharina – also meine kleine Tochter – es ziemlich gerne mit ihr zu tun hat. Und wenn die Tante Lisbeth wieder aus dem Krankenhaus kommt, wird sie bestimmt ordentlich von ihr bemuttert. Wie Kinder halt so sind. Aber es ist gut, daß sie so zuverlässig ist.“

„Wie geht es jetzt weiter? Ich meine, Frau Weinbrenner ist doch schon ziemlich alt, oder?“

„Ja, eigentlich müßte sie in ein Heim. Das wäre das Sicherste. Aber wie ich sie kenne, wird sie sich mit Händen und Füßen dagegen wehren. Hier in ihrem Haus kann sie doch wursteln, wie sie will.“

„Kann ich verstehen. Ich würde auch gerne so lange es irgendwie geht alleine zurechtkommen wollen.“

Susanna hatte den Katalog noch in der Hand. Er kam von einem Versandhandel für Seniorenartikel. Gisela nahm ihn entgegen.

„Ich kümmere mich nämlich um Blumen, Post, Hühner und all das, weißt du.“

„Wenn sie so böse gefallen ist, wird es wohl länger dauern im Krankenhaus.“

Gisela zuckte mit den Schultern.

„Ich habe gestern schon etwas eingeschmissen“, fiel Susanna ein.

„Ich hab's gesehen." Mehr sagte Gisela nicht dazu.

Susanna zog mit ihrem Zustellkarren in Richtung Auto, als ihr Tanja mit einem kleinen Mädchen und dem Westie im Schlepptau entgegenkam. Also hatte sie eine Tochter! Der Arbeitstag würde doch noch gut enden! Die Übelkeit hatte sich gelegt, auch wenn sie noch nicht ganz verschwunden war.

„Hallo, grüß dich, Tanja!" Susanna zwinkerte vielsagend.

„Hallo! Na, wie? Endlich Wochenende, was?"

„Allerdings, wird auch Zeit. Geht ihr beiden mit dem Hundchen Gassi?" fragte sie an die Tochter gewandt. Doch die versteckte sich hinter der Mutter.

„Ja. Wir waren noch schnell beim Gärtner, was für den Friedhof holen", antwortete Tanja.

Wie zum Beweis hob sie ihren Weidenkorb, aus dem eine Reihe von Stiefmütterchen herausschaute, und zeigte ihn Susanna.

Die Kleine hatte die Situation schnell als sicher eingestuft und kam wieder hinter ihrer Mutter hervor.

„Verrätst du mir, wie du heißt?" fragte Susanna.

Sie schüttelte den Kopf.

„Aber ich weiß schon, daß deine Mama Tanja heißt und euer Hund Barbie. Da muß ich doch auch wissen, wie du heißt, sonst bist du Arme ja die einzige, deren Namen ich nicht kenne."

„Jessica. Und du?"

„Susanna."

Jessica starrte sie einen Moment lang an und hopste dann verlegen um ihre Mutter.

Susanna grinste Tanja breit an. „Ich habe dich auch gestern ge-se-hen! Das heißt, ich habe *euch* ge-se-hen."

Tanja machte keinesfalls einen ertappten Eindruck. Ganz im Gegenteil.

„Das habe ich geschickt eingefädelt, was?“

„Äh, jetzt muß ich mal ganz dumm fragen: Du hast keinen Mann?“

„Ach, ist das Getratsche noch nicht bis zu dir vorgedrungen?“

„Nö, was denn?“

„Jessica, geh schon mal vor, ich komme gleich.“

„Och, Mann!“

„Nicht ‚Och, Mann‘. Auf geht’s.“ Tanja wartete, bis Jessica ein paar Schritte entfernt war, bevor sie fortfuhr: „Ja, der Jochen, also mein Mann, ist doch fort. Ausgezogen vor zwei Monaten. Jetzt wohnt er bei der Greti aus Duisburg, die seit Mai in Niederhüttenhausen in der Kneipe bedient. Sämtliche Kerle aus der Gegend sitzen abends an der Theke und sabbern vor sich hin.“

„Ach, die ist das! Ja, von der habe ich schon gehört. Scheint ja eine Sensation zu sein.“

„Alle versuchen es bei ihr. Und mein Depp hat das Rennen gemacht!“

„Vielleicht kommt er ja wieder“, versuchte Susanna zu trösten.

„Na, der kann mir gestohlen bleiben!“ entrüstete sich Tanja. „Jetzt will ich ihn auch nicht mehr. Soll er doch sehen, wo er bleibt, wenn eines Tages der nächste an der Reihe ist.“

„Gute Einstellung.“

„Die einzige, mit der du überlebst.“

Susanna nickte.

„Ach übrigens ...“ Tanja schaute über Susannas Schulter und winkte lächelnd.

Reflexartig schaute sich Susanna um, um zu sehen, ob die Aufmerksamkeit demjenigen galt, den sie hinter ihrem Rücken vermutete. Richtig geraten. Sie galt Michael Reinhausen. Der kam gerade um die Ecke.

„Also“, erklärte Tanja, „ich bringe jetzt meinen Korb nach Hause, und dann gehen wir noch ein bißchen mit Barbie ins Feld. Die Blumen pflanze ich erst heute abend, wenn es kühler ist. Dann muß ich sowieso zum Gießen auf den Friedhof. Michael will mich begleiten. Er interessiert sich für Grabsteine.“

„Für Grabsteine?“ fragte Susanna ungläubig.

„Ja. Er liebt grundsätzlich alles, was historisch ist, schließlich ist er Antiquitätenhändler von Beruf.“

„Oh!“

Mittlerweile war Reinhausen zu ihnen gestoßen und musterte Susanna interessiert. Das paßte Tanja überhaupt nicht.

„Tja, dann wollen wir mal weiterziehen! Jessica ist schließlich schon vorgegangen.“

„Guten Tag!“ Reinhausen ignorierte Tanjas Eile und schaute abwartend auf Susanna.

Jetzt konnte Tanja nicht anders. „Darf ich vorstellen: Susanna Greiner. Michael Reinhausen.“

„Die hiesige Postbotin, wie man sieht“, stellte Reinhausen fest und hielt ihr seine Hand hin. Susanna griff zu.

„Aushilfsweise“, ergänzte Tanja ein bißchen zu schnell. „Sei nicht böse, Susanna, aber wir müssen weiter. Sonst kriege ich die Kurve nicht.“

„Klar. Tschüs!“

„Auf Wiedersehen.“ Reinhausen hob die Hand zum Gruß.

Sie verschwanden, während Susanna zum Auto ging und nach Hause fuhr.

Sie war doch noch nicht ganz auf dem Damm. Ein ordentliches Essen würde jetzt vielleicht guttun.

Die Musik drehte sie heute auch nicht so laut. Nach dem ersten Kilometer beschloß sie sogar, sie ganz auszuschalten und lediglich die frische Luft und den Duft der Wiesen durch das offene Fenster einzusaugen.

Fast sechzig Jahre waren eine lange Zeit. Der Wald veränderte sich stetig. Die Natur gestaltete ihn nach ihrem Belieben. Und zwischendurch pfuschte der Mensch ihr immer wieder ins Handwerk. Doch sobald er seine Arbeiten unterbrach, war sie wieder zur Stelle, die Natur, und holte sich, was ihr gehörte. Heinrich kannte die Gegend wie seine Westentasche. Aufgewachsen war er zwar ein paar Ortschaften weiter südlich von Badhausen, doch als es ihn damals, kurz nach dem Krieg, mit ein paar anderen jungen Burschen auf die Kirmes nach Badhausen verschlagen hatte, war sie ihm begegnet: Minchen. Die Liebenswürdigkeit in Person, eine fröhliche, junge Frau, die sein Herz im Sturm erobert hatte. Sie hatten geheiratet und waren in Minchens Elternhaus gezogen. Beengt waren die Verhältnisse gewesen, von Privatsphäre keine Spur. Aber man hatte es nicht anders gekannt.

Noch heute brauchte Heinrich nur die Augen zu schließen, und er sah Minchen vor sich, wie sie damals ausgesehen hatte, hörte ihr Lachen. Und noch heute grämte ihn, was er damals getan hatte. Auch wenn es nur ein einziges Mal geschehen war, und Minchen es nie herausgefunden hatte.

Er war kein sentimentaler Typ. Trotzdem litt er noch heute, nach fast sechzig Jahren, unter einem schlechten Gewissen.

Hierherzukommen fiel Heinrich Becker unendlich schwer. Zuletzt hatte er einen Besuch riskiert, als vor etwa zehn Jahren die Waldarbeiter in diesem Abschnitt zugange gewesen waren. Aber schon damals war es kaum möglich gewesen, an die Stelle heranzukommen, an der Lisbethchen und er damals zusammen gewesen waren.

Heinrich war den ganzen Weg zu Fuß gegangen. Er wollte seinen roten Nissan, den jeder im Dorf kannte, nicht am Waldrand parken. Unsicher setzte er sich auf eine Bank. Weit und breit war außer ihm niemand unterwegs. Nur am Waldrand hatte er einen Bekannten mit seinem Hund getroffen. Noch befand Heinrich sich auf dem geteerten Weg, doch gleich würde er rechts in den Wald hineingehen, auf einem dieser kleinen Pfade, die ursprünglich durch Waldfahrzeuge entstanden und dann von Spaziergängern weiter genutzt und ausgetreten worden waren. Auf diesem Wege konnte er so dicht wie möglich an die Stelle herankommen, an der sie ihn damals gefunden hatten.

Niklas Schmickler schlich sich an Friedas Haus heran. Mit dem Rücken dicht an der Wand, so wie er es in zahlreichen Fernsehserien beobachtet hatte. Das Küchenfenster war geschlossen, der Vorhang vorgezogen, das hatte er schon von weitem gesehen. Aber bei Frieda wußte man schließlich nie. Sie konnte auch hinter dem Vorhang stehen. Deshalb bückte er sich und flitzte unter dem Fenster entlang, so daß sie ihn nicht bemerken konnte. An der Hausecke, hinter der ihr Hof lag, blieb er stehen und lugte vorsichtig herum. Es machte Spaß, sich wie ein

Profi zu verhalten, nur, so fiel ihm plötzlich ein, machte er sich äußerst verdächtig, sollte ihn jemand aus der Nachbarschaft bei seinem Manöver beobachten. Prompt nahm er eine lockere Haltung an und schaute sich lässig um. Im Haus gegenüber, bei den Beckers, war alles ruhig. Nur noch von einem Grundstück aus, das schräg gegenüber lag, konnte man bequem herüberschauen. Doch auch dort war niemand zu sehen.

Friedas Hof war leer, die Haustür geschlossen. Niklas verweilte einen Moment und lauschte. Nichts rührte sich. Die Luft war rein. Vorsichtig zog er den Scherzartikel-Hundehaufen unter dem T-Shirt hervor. Mit drei großen Schritten sprang er zur Haustür und schaute hastig durch das Strukturglas, ob sich drinnen etwas bewegte. Nichts. Schnell legte er den Haufen mitten auf die Fußmatte und lief zurück auf die Straße.

Genau in diesem Moment fuhr ein Wagen heran. Der mintgrüne Polo hielt direkt vor dem Haus der Beckers. Niklas ging langsam weiter, so als wäre nichts geschehen. Dann hörte er, wie ein Küchenfenster aufgerissen wurde. Neugierig schaute er sich um. Es war das Fenster von Frieda. Natürlich! Kaum fuhr ein Auto vor, mußte sie wissen, wer da kam. Niklas ging schnell ein paar Schritte weiter außer Sichtweite. Frieda sollte ihn nicht mit dem Haufen vor ihrer Tür in Verbindung bringen. Den Polo kannte er. Er gehörte Frau Meißner. Jetzt sah er auch, daß Heinrich Becker mit im Auto saß. Was hatten die beiden denn miteinander zu tun?

Tanja Meißner ließ den Motor laufen, stieg aus und ging um den Wagen herum zum Beifahrersitz.

„Danke, Kind. Es geht schon“, meinte Heinrich.

„Ich kann auch mit reinkommen.“

„Ach was, vielen Dank. Ich schaffe das schon. Ich danke dir nochmals recht schön, daß du mich mitgenommen hast."

„Sicher, daß es geht?"

„Ja, ja!" Heinrich schüttelte dezent Tanjas Arm ab.

„Was ist denn los?"

Niklas konnte Frieda nicht sehen, aber gut hören.

„Nichts, nichts", murmelte Heinrich und ging ins Haus.

„Was ist denn mit ihm, Kind?" Wenn Heinrich nicht antworten wollte, fragte sie eben Tanja.

Ausnahmsweise teilte Niklas Friedas Neugierde.

„Ich habe ihn mitgenommen. Was sonst?"

Tanjas Stimme klang abweisend. Kein Wunder, dachte Niklas. Friedas Ruf eilte ihr voraus. Und vielleicht hatte sie schon einmal etwas Böses oder Unwahres über Tanja in die Welt gesetzt, so daß die nur noch das Nötigste mit ihr sprach. Mutti ging ihr schließlich auch aus dem Weg. Laß dich nicht ausfragen von der, hatte sie ihn einmal gewarnt. Klar! Es hatte sich ja herumgesprochen, daß Mutti einen Freund hatte. Und da Frieda bei Mutti mit ihrer Fragerei nicht direkt weiterkam, versuchte sie natürlich, Niklas auszuhorchen. Doch da biß sie bei ihm auf Granit. Er war zwar noch ein Kind, aber schließlich nicht auf den Kopf gefallen.

So schnell ließ sich Frieda von Tanja aber nicht abweisen. Sie startete einen zweiten Versuch. Diesmal nicht in Bezug auf Heinrich. Den würde sie später selbst noch einmal befragen.

„Hast du wieder einen Freund, Tanja?"

„Nö, wieso?"

„Weil man dich schon ein paarmal mit diesem netten Mann gesehen hat. Es würde mich ja für dich freuen, Kind, glaub mir. Ich kann mir vorstellen, daß es net schön ist, wenn man sitzengelassen wird.“

Die Spitze war nicht zu überhören. Dementsprechend reagierte Tanja.

„Wenn *ich* mit jemandem rede, habe ich nicht immer gleich Hintergedanken.“ Das „ich“ betonte sie deutlich, aber Frieda entgingen solche Feinheiten generell.

Tanja stieg in den Polo und fuhr davon.

Niklas tat so, als würde er bummeln, als sie an ihm vorbeifuhr. Er schaute vor sich auf den Bürgersteig. Jetzt mußte er sich ein gutes Plätzchen suchen, denn es war nur eine Frage der Zeit, bis Frieda aus dem Haus kommen und hinüber zu Heinrich gehen würde. Dann würde es lustig werden. Niklas lief schnell über die Straße und kauerte sich hinter einen breiten Pfosten, der zum Grundstück von Heinrichs Nachbarn gehörte. Ein Wagen näherte sich. Niklas schob sich weiter hinter den Pfosten. Das Auto fuhr an ihm vorbei, ohne daß der Fahrer ihn bemerkte.

„Gut gemacht“, lobte sich Niklas selbst. Wenn er groß sein würde, würde er Privatdetektiv werden. Und dann würde er so gut sein, daß die Leute vom Fernsehen kämen und ihn bei der Arbeit filmten. Niklas Schmickler. Ermittlungen aller Art. Er sah sich schon über die Leinwand schleichen. Sogar die spannende Titelmusik konnte er hören.

Erwartungsvoll zog er einen Kaugummi aus der Tasche, wickelte ihn aus und steckte ihn in den Mund. Er hatte ihn noch nicht richtig weichgekaut, da öffnete sich Friedas Tür. Wer sagte es denn! Von seinem Beobachtungsposten aus hatte er die Haustür genau im Blickfeld.

„Das darf doch net wahr sein! So ein Mistvieh! Na wartet ab!“

Erstaunt beobachtete Niklas, wie Frieda den Haufen Haufen sein ließ und mit forschem Schritt wie ein kleiner Giftzwerg auf die Straße trat. Mist! Niklas erschrak. Sie kam genau auf ihn zu. Ob sie ihn beobachtet hatte? Aber das konnte schlecht sein. Sie würde ihn nie „Mistvieh" nennen. Hastig schaute er sich um. Hinter dem Pfosten war ein Busch. Schnell kroch er dahinter. Dabei blieb sein T-Shirt an einem Zweig hängen. Shit! In Sicherheit begutachtete er den Stoff. Ein kleines Loch war zu sehen, das mit Sicherheit größer werden würde, je mehr er daran zog. Na Klasse! Die Mutti würde sich freuen!

Jetzt war Frieda nur ein paar Schritte von ihm entfernt. Niklas hielt die Luft an. Doch Frieda marschierte weiter, auf den Eingang des Hauses zu. Jetzt dämmerte es Niklas. Das Grundstück gehörte den Schmidtbauers. Und die hatten einen Hund, einen schwarzen Pudel. Oha. Hoffentlich würde der ihn nicht gleich wittern, wenn die Haustür aufgemacht wurde. Niklas saß direkt vor der kleinen Mauer, hinter der der Garten von Heinrich Becker lag. Einfach hinüberspringen wollte er nicht, also machte er sich so klein wie möglich.

Frieda klingelte und wartete. Drinnen schlug der Pudel an. Dann wurde die Tür aufgezogen. Noch bevor Niklas sehen konnte, wer im Türrahmen stand, sah er den Pudel.

„Halt den Hund fest!" rief Frieda.

„Was ist denn los, Frieda? Seit wann hast du denn Angst vor der Anka?" Es war Frau Schmidtbauer. Sie packte den Pudel beim Halsband. „Warte mal, ich sperre sie weg."

Sie verschwand mit dem Pudel und erschien gleich darauf wieder an der Tür.

„Ich habe keine Angst vor der Anka, ich will nur net, daß sie mir wieder vor die Haustür scheißt“, erboste sich Frieda.

„Ei Frieda, die Anka macht dir doch nicht vor die Haustür. Wir gehen doch immer mit ihr Gassi ins Feld. Da macht sie ihr Geschäft.“

„Von wegen! Auf die Fußmatte hat sie mir geschissen. Einen Haufen, daß kein Affe mit Sportabzeichen drüberhüpfen kann.“

Niklas mußte sich ein Lachen verkneifen.

„Jetzt reg dich nicht auf.“ Frau Schmidtbauer blieb ruhig. „Die Anka läuft überhaupt nie unbeaufsichtigt herum.“

„Was ist denn los?“ ertönte eine männliche Stimme aus dem Hintergrund. Herr Schmidtbauer. Kurz darauf erschien er selbst im Türrahmen.

„Euer Hund macht mir vor die Tür.“

„Das kann nicht sein. Wer weiß, welcher Hund das war! Unserer jedenfalls nicht.“

„Was für einer soll es denn sonst gewesen sein?“

„Heutzutage hat bald jeder einen Hund.“

„Aber ihr seid die einzigen, die hier einen haben.“

„Hier kann aber jeder vorbeikommen. Oder hast du die Anka etwa gesehen?“

„Nee.“

„Na, also, dann mach hier nicht so einen Aufstand wegen eines blöden Haufens. Vielleicht war es sogar eine Katze.“

Schmidtbauer wollte die Tür zumachen.

„Das war keine Katze. Dafür ist der Haufen viel zu groß. Ich weiß doch, wie Katzenschiß aussieht!“

Schmidtbauer stöhnte.

„Komm, schau dir die Matte an. Die ist total verdreckt und stinkt wahrscheinlich noch tagelang."

„Das ist mir jetzt zu blöde. Geh du mit hin, Renate, wenn du willst. Ich gehe wieder fernsehen." Schmidtbauer winkte ab und verschwand im Haus.

„Komm mit!" Frieda machte auf dem Absatz kehrt.

Frau Schmidtbauer folgte ihr tatsächlich. Das durfte sich Niklas nicht entgehen lassen. Sie hatte die Tür aufgelassen. Vorsichtig schaute Niklas, daß Herr Schmidtbauer auch wirklich nicht mehr im Türrahmen stand, kroch aus seinem Versteck heraus und postierte sich wieder hinter dem Pfosten. Jetzt würde es lustig werden!

„Da guck hin!" Frieda deutete mit ausgestrecktem Arm auf ihre Fußmatte.

„Was soll ich da jetzt sagen, Frieda? Der kann von jedem Hund sein."

„Die Matte kann ich wahrscheinlich fortschmeißen."

Frieda marschierte zur blauen Tonne, die auf der anderen Seite des Hofes stand, öffnete sie und fischte einen Werbeprospekt heraus. Mit dem Papier versuchte sie angeekelt, den Haufen zu greifen. Dann stutzte sie und drückte vorsichtig das Papier zusammen. Der Haufen fühlte sich erstaunlich fest an. Außerdem hatte er keinen Flecken auf der Matte hinterlassen. Frieda schaute ihn sich mit verblüfftem Gesichtsausdruck genauer an. Mit der Spitze nach unten lag er auf dem Papier, ohne seine Form verloren zu haben.

„Was ist das denn?" wunderte sie sich und piekte vorsichtig mit spitzem Finger nach dem Haufen. Er gab nicht nach. Vorsichtig roch sie daran.

„Das ist gar kein richtiger Hundehaufen! Der ist aus Plastik!"

Jetzt wurde Frau Schmidtbauer langsam sauer.

„Dann hat sich die Sache ja erledigt! Unsere Anka scheißt nämlich kein Plastik!"

Frieda beguckte immer noch verblüfft den Haufen.

„Gibst du jetzt Ruhe? Nächstes Mal überlegst du es dir, bevor du einfach Leute beschuldigst!"

„Das konnte ich ja net wissen."

„Da hat dir jemand einen Streich gespielt. Frag dich mal, warum!"

Frau Schmidtbauer ließ Frieda stehen und stolzierte zurück zu ihrem Haus.

Frieda stapfte verärgert zur schwarzen Tonne und warf den Haufen mitsamt Werbeprospekt hinein.

Niklas war äußerst zufrieden mit seiner Aktion. Schnell schlüpfte er wieder hinter den Busch. Dieses Mal war er ein bißchen vorsichtiger, um nicht ein zweites Loch im T-Shirt zu riskieren. Als Frau Schmidtbauer im Haus verschwunden war und die Tür hinter sich zugezogen hatte, kroch er wieder hinter den Pfosten.

Frieda hatte schon die Türklinke in der Hand, um ins Haus zu gehen, da ließ sie sie wieder los. Ursprünglich hatte sie ja hinübergehen wollen zu Heinrich und Minchen, bevor die Blamage mit dem Haufen dazwischengekommen war. Sie nahm sich vor, sich in den nächsten Tagen bei Schmidtbauers etwas zurückzuhalten. Doch wer hatte diesen Haufen auf ihre Fußmatte gelegt? Es sah doch sehr nach einem Kinderstreich aus!

Als Frieda über den Hof hinüber zu den Beckers ging, schlich Niklas hinterher.

Sie klingelte an der Haustür. Einmal. Zweimal. Doch niemand öffnete. Demnach war Heinrich nicht im Haus. Minchen öffnete nicht mehr selbst. So leicht gab Frieda aber nicht auf. Schnurstracks marschierte sie in die ehemalige Scheune, nur um gleich wieder alleine herauszukommen. Letzter Versuch: die Fenster. Frieda legte die Hände wie Scheuklappen ans Gesicht und schaute durch jede Scheibe, die sie erreichen konnte. Minchen saß in ihrem Sessel im Wohnzimmer, hatte die Beine hochgelegt und reagierte nicht auf das Klopfen. Sie hörte nur noch sehr schlecht. Heinrich war nirgendwo zu entdecken.

Unsicher verharrte Frieda auf der Straße. Heinrich hatte nicht sehr gut ausgesehen, als er aus Tanjas Wagen gestiegen war. Was, wenn ihm schlecht geworden war und er irgendwo auf dem Boden lag? So wie das Lisbethchen? Am Ende würde Minchen das von ihrem Sessel aus gar nicht mitbekommen. Sie mußte Hilfe holen, ging es Frieda durch den Kopf! Aber was, wenn gar nichts Schlimmes passiert war? Der sture Heinrich würde sich furchtbar ärgern. Andererseits würde sie sich Vorwürfe machen, wenn sie nichts unternahm und sich später herausstellte, daß er tatsächlich Hilfe benötigt hätte.

Frieda kaute auf ihrer Unterlippe, bis sie ihren Entschluß gefaßt hatte. Ein letztes Mal klingelte sie an der Haustür, dann eilte sie davon.

Heinrich traute sich endlich aus dem Bad heraus. Das Fenster ging nach hinten in den schmalen Spalt, der das Haus vom Nachbarhaus trennte. Es war das einzige Fenster an dieser Seite. Dort war Frieda nicht herumgekrochen, um ihn zu suchen. Das letzte, was er jetzt gebrauchen konnte, war Frieda mit ihrer penetranten Fragerei. Die Frau war eine Pest. Ihre Neugierde würde noch einmal böse enden.

Heinrich hatte schon ein schlechtes Gewissen, daß er Minchen so lange hatte alleine lassen müssen. Minchen verschlief den halben Tag und hatte kein gutes Zeitgefühl mehr. Er hatte ihr erzählt, daß er in den Wald gehen wolle, um nachzusehen, ob die Füchse die toten Hühner schon geholt hatten. Natürlich hatten sie das längst, aber Minchen hatte nicht nachgefragt. Er würde zu Fuß gehen, also solle sie sich keine Gedanken machen, wenn es länger dauerte. Sie war es zufrieden gewesen.

Susanna beschloß, sich eine Tiefkühl-Gemüselasagne zu machen. In die Mikrowelle kam ihr so etwas nicht. Da nutzte sie lieber den Ofen und geduldete sich. Besonders gesund war die Lasagne bestimmt nicht, aber wenigstens vegetarisch. Susanna mochte keine Fertiggerichte mit Fleischanteil. Nichts gegen Wurst oder Fleisch, aber dann bitte vom Metzger. Während der Ofen aufheizte, zog Susanna sich um. Erleichtert, die Arbeitskluft los zu sein, schüttete sie ein riesiges Glas Cola in sich hinein, schob die Lasagne schließlich ins Rohr und stellte den Küchenwecker. Jetzt blieb genügend Zeit, sich um die Tiere zu kümmern.

Als sich der Küchenwecker schließlich meldete, zog Susanna die Lasagne aus dem Rohr. Sie aß wieder einmal viel zu schnell. Warum eigentlich? Sie hatte doch Zeit! Nach dem letzten Löffel fiel sie mit vollem Bauch aufs Sofa, wo sie fast auf der Stelle einschlief.

Es war das Klingeln des Telefons, das Susanna aus dem Schlummerzustand riß. Sie schrak auf und schaute benommen auf die Uhr. Schon nach sieben! Sie hatte gut geschlafen. Sofort fielen ihr die Augen wieder zu. Mit ausgestrecktem Arm tastete sie blind auf dem Tisch herum, bis sie das Mobilteil erwischte. Sie öffnete ein Auge, um die grüne Taste zu finden, drückte drauf und schloß ihr Auge wieder.

„Greiner."

„Hier ist Jensen. André."

Auf der Stelle war Susanna hellwach. Sie setzte sich auf und versuchte, die Müdigkeit in ihrer Stimme zu unterdrücken.

„Hallo, André. Das ist ja eine Überraschung! Wie geht es dir denn? Hast du unseren Grillabend gestern überstanden?"

„Na ja, es geht so."

„Dito! Aber leider mußte ich heute im Gegensatz zu dir arbeiten."

„Ich weiß. Schließlich rufe ich an, um dich gebührend zu bedauern!"

„Nicht nötig. Das Leben ist hart, aber ich bin härter."

„Das glaube ich dir aufs Wort. Aber weshalb ich wirklich anrufe: Wollen wir heute abend etwas unternehmen?"

„Was denn?"

„Keine Ahnung! Ich glaube, du bist die Kreativere von uns beiden. Und außerdem kennst du dich hier besser aus."

„Was sagen Sybille und Berndi?"

„Weiß ich nicht. Ich habe sie nicht gefragt."

Susanna grinste zufrieden. Gut.

„Vorschlag: hol mich ab! Ich überlege mir etwas in der Zwischenzeit. Und du am besten auch."

„Ok. Dann komme ich vorbei!"

„Halt!" In diesem Zustand war sie unmöglich vorzeigbar. „Ich bin so gegen acht fertig. Ist dir das zu spät?"

„Nö. Wieso?“

„Gut. Bis dann.“

Susanna drückte die rote Taste und flitzte ins Bad.

„Dieses verdammte Weibsstück!“

Jetzt hatte Frieda auch noch den jungen Martin Balder angeschleppt. Das durfte doch wohl nicht wahr sein!

Heinrich verzog sich wieder in sein Badezimmer, von wo aus er durch die nicht ganz geschlossene Tür die Geräusche draußen verfolgte. Nach Friedas ununterbrochenem Geplapper vernahm er plötzlich einen dumpfen Knall. Heinrich hätte platzen können vor Wut! Der machte sich tatsächlich an seiner Tür zu schaffen! Er würde es am Ende auf Friedas Drängen hin noch fertigbringen, sie aufzubrechen! Heinrich holte tief Luft, verließ sein Versteck und riß die Haustür auf. „Was ist denn hier los?“

Fast hätte Martin Balder ihm eine gedonnert, denn er war gerade im Begriff, erneut fest gegen die Tür zu schlagen.

„Da ist er ja!“ freute sich Balder. „Dann kann ich ja wieder gehen.“

„Geht es dir gut, Heinrich?“ fragte Frieda.

„Ja. Warum sollte es mir net gutgehen? Was soll das hier? Was macht ihr an meiner Haustür?“

Mit einer Mischung aus Wut und Müdigkeit schaute er zwischen Balder und Frieda hin und her.

„Die Frieda meinte, dir wäre vielleicht schlecht geworden, weil du nicht aufgemacht hast, Heinrich. Fast hätte ich die Tür aufgebrochen“, erklärte Balder. „Aber du scheinst ja auf dem Damm zu sein. Na, dann verschwinde ich mal wieder. Ich will heute abend noch weg. Tschüs.“

Der junge Mann machte auf dem Absatz kehrt und verschwand. Frieda leider nicht.

„Was soll das, Frieda?“

„Warum bist du so grantig, Heinrich? Ich habe es nur gut gemeint. Schließlich hättest du hier liegen können! Wenn keiner nach dir guckt, muß ich es ja wohl tun!“

„Wie kommst du darauf, daß es mir schlecht gehen könnte?“

„Ich habe eben schon mal geklingelt und rundum geklopft.“

„Habe ich net mitbekommen. Ich war im Bad“, brummte Heinrich.

„Und dann hast du eben so schlecht ausgesehen, als dich das Tanja heimgebracht hat. Was hast du denn mit dem zu tun?“

„Nichts. Ich war spazieren. Auf dem Rückweg kam das Tanja zufällig vorbei, und ich bin mitgefahren, weil ich müde war.“

„Ach so.“

„Ja. Also, Frieda. Ich danke dir recht schön, daß du dir Sorgen um mich gemacht hast. Aber wie du siehst, ist alles in Ordnung.“

Ohne ihre Antwort abzuwarten, schloß er die Tür und ging zurück ins Wohnzimmer, wo er dem schlafenden Minchen liebevoll über die Wange strich, sich aufs Sofa setzte und weiter über den heutigen Tag grübelte.

Susanna war schon vor acht Uhr fertig. Sie hatte sich im Bad beeilt, ausnahmsweise einen sofortigen Treffer im Kleiderschrank gelandet, wo sie gleich auf ihre liebste schwarze Cargohose und das neue schwarzweiße Neckholdershirt gestoßen war. Danach war sie schnell noch durchs Wohnzimmer gewuselt und hatte gelüftet. Fertig. Sie konnte es kaum fassen, wie schnell sie sein konnte! Normalerweise bummelte sie ewig herum! Nun hatte sie sogar noch etwas Zeit. Die nutzte sie, um die Lasagneschachtel zu entsorgen und Teller und Löffel in die Spülmaschine zu stellen.

Dann ging sie hinaus in den Garten und schmuste noch ein bißchen mit Pfeffer. Nur mit Pfeffer, nachdem Minz heute beim Umsetzen in den Auslauf wieder einen kleinen Aufstand gemacht hatte.

Obwohl sie André erwartete, zuckte sie zusammen, als es tatsächlich an der Haustür klingelte. Susanna wusch sich die Hände am kleinen Waschbecken an der Außenwand des Hauses und eilte zur Tür.

„Hallo. Da bin ich.“ André hielt ihr einen etwas zerrupften Strauß mit Wiesenblumen hin.

„Selbst geklaut. Von Bauer Michels Wiese. Dabei mußte ich mich gegen aufdringliche Kühe verteidigen! Aber das habe ich gerne auf mich genommen.“

Wie Susanna diesen norddeutschen Akzent liebte! Sie seufzte. „Lieb von dir. Und nett von den Kühen, daß sie noch ein paar Blumen übriggelassen haben. Komm rein. Wir können uns ja auf den Hof setzen. Geh schon mal durch. Ich stelle derweil die Blumen ins Wasser.“

Susanna schaute André hinterher, wie er durch den Vorhang aus bunten Bändern ins Freie schlüpfte. Einen knackigen Hintern hatte er! Die Schultern hätten etwas breiter sein können, aber schließlich konnte man sich ja keinen perfekten Mann backen. Und abgesehen davon: wer wollte das schon? Susanna schüttelte sich unbewußt. Perfekte Menschen waren ihr ein Greuel. Aber eigentlich gab es sie ja gar nicht. Denn wenn jemand perfekt war, hatte er dadurch schon einen dicken Minuspunkt auf dem Sympathiekonto und war automatisch nicht mehr perfekt.

Die Blumen waren schnell versorgt, doch Susanna gönnte sich noch einen Moment, um André durch das Küchenfenster zu beobachten.

„Mal sehen, Herr Allgemeinmediziner", sagte sie sich, „ob Sie es wert sind."

In jedem Fall war André mit Abstand das Beste, was ihr in den letzten Monaten vor die Flinte gekommen war.

Sie trat gerade vor die Tür, da sah sie, wie André versuchte, Minz zu streicheln. Oha, ob das gut gehen würde? Sie hatte zwar gestern erwähnt, daß Minz nicht ohne war, aber ausprobiert hatte es André noch nicht. Bestimmt dachte er auch nicht mehr an ihre Worte. Susanna legte skeptisch die Stirn in Falten. Eigentlich hätte sie André jetzt noch einmal vor der Kratzbürste warnen müssen, aber statt dessen schaute sie fasziniert zu. Vielleicht machte Minz ja bei ihm eine Ausnahme!

Tatsächlich ließ sie sich am Hals kraulen und machte keine Anstalten, wegzuhoppeln, wodurch André sich ermutigt fühlte, sie hochzunehmen.

Susanna verzog das Gesicht und überlegte schon mal, ob sie noch Heftpflaster im Haus hatte.

Es kam, wie es kommen mußte: Minz brach schlagartig in Panik aus. Sie wand sich wie ein Aal und kratzte André heftig am Unterarm. Der fluchte, wollte sie aber nicht einfach so fallen lassen. Statt dessen versuchte er, sie halbwegs sicher auf den Boden zu setzen. Zum Dank dafür wurde er noch einmal in den Finger gebissen.

Schimpfend besah sich André den rechten Daumen. So ein blödes Vieh!

Susanna hätte es wissen müssen. Mit einem schlechten Gewissen eilte sie zu ihm.

„Sorry. Minz steht auf der Kochtopf-Liste ganz oben. Zeig mal den Finger."

Das ließ André sich nicht zweimal sagen.

„Obwohl ...", meinte Susanna. „Wer ist denn hier der Arzt von uns beiden?"

„Ich. Aber mit Verletzungen durch Hasenbisse hast du sicherlich mehr Erfahrung."

„Könnte sein. Ich hole Heftpflaster."

Sie ging ins Haus und durchsuchte die unterste Schublade im Badezimmerschränkchen. Glück gehabt. Es war noch etwas Heftpflaster da, aber sie würde wieder welches auf die Einkaufsliste schreiben müssen.

„Hast du die Wunde ausgesaugt?" wollte sie wissen, als sie wieder bei André war.

„Ja."

„Ob du geimpft bist, brauche ich dich ja wohl nicht zu fragen, oder?"

„Nein."

Allzugerne streckte er ihr den Daumen hin. „Erst noch pusten, bitte."

„Das ist doch jetzt nicht dein Ernst, oder?"

„Doch!"

„Was für ein Glück, daß die Nachbarn meinen Garten nicht einsehen können! Du würdest schlagartig den Großteil deiner Patienten verlieren, wenn sich deine Heilmethoden herumsprechen."

Susanna packte den Daumen und pustete einmal vorsichtig. „So! Alles wieder gut!“

Vorsichtig klebte sie das Heftpflaster auf.

„Wie sieht dein Arm aus?“

„Da muß kein Pflaster drauf.“

„Mach bitte heute einen großen Bogen um Minz. Das war nämlich mein letztes Stück Heftpflaster. Wenn du schmusebedürftig bist, wendest du dich besser an Pfeffer.“

„Danke. Aber da wüßte ich etwas Besseres.“

Susanna sparte sich die Frage, was er denn Besseres wüßte. Statt dessen wollte sie wissen: „Was trinkst du denn?“

„Am besten Wasser. Ich muß ja noch fahren.“

„Schade.“

Susanna verschwand und holte zwei Gläser, die sie mit Mineralwasser füllte.

„Darf ich dich ins Kino einladen?“ fragte André.

Susanna hockte sich dicht neben ihn auf die Bank und schaute ihn über ihre Sonnenbrille an. „Geht es dir um einen Film oder darum, etwas mit mir zu unternehmen?“

André erwiderte den Blick vielsagend. „Es geht mir nur um dich.“

„Oh! Gut. Dann lassen wir es lieber bleiben. Ich bin wahrscheinlich der einzige Mensch, der nicht gerne ins Kino geht. Ich kann nämlich nicht so lange stillsitzen. Gegenvorschlag: Was hältst du davon, wenn wir es uns hier gemütlich machen? Ich mache ein paar Brote. Dann kannst du auch etwas trinken.“

„Ich hatte gehofft, du würdest hierbleiben wollen. Ich war nur zu höflich, mich hier einzunisten. Aber eines verstehe ich nicht ganz: Warum darf ich dann etwas trinken? Muß ich etwa nicht mehr nach Hause fahren?"

Susanna erwiderte seinen vielsagenden Blick. „Nein."

„Oh!"

„Von hier aus kannst du ja laufen!"

Sein Schlafzimmerblick wich schlagartig einem entsetzten Gesichtsausdruck.

„Was tust du so erstaunt? Bist du aus Zucker?" fragte Susanna.

„Das sind fünf Kilometer! Ist das ein Scherz?"

„Wieso? Du hast mir erzählt, daß du dreimal die Woche fünf Kilometer joggst."

„Das ist doch etwas anderes! Nachher ist es dunkel. Und wenn ich etwas getrunken habe, stürze ich am Ende noch in einen Graben."

„Und dann fressen dich die Raben."

„Irgendwann findet man mich dann, weil es aus dem Graben heraus so stinkt."

„Oder du stolperst über einen Elektrozaun!"

„Das wird ja immer besser! Wenn ich gewußt hätte, wie gefährlich es hier ist, wäre ich in Kiel geblieben!"

Susanna lachte und strich ihm übers Kinn. „Dann hättest du mich nie getroffen!"

„Stimmt! Dann gehe ich lieber die fünf Kilometer."

„Das bin ich auch wert."

Susanna erhob sich von der Bank. „Zum Warmwerden schlage ich meine legendären Westerwälder Caipirinhas vor. Dann kannst du die auch einmal genießen, wenn du schon gestern nicht dazu gekommen bist. Einverstanden?"

André nickte zufrieden.

Heinrich Becker schämte sich. Wie peinlich! Er hatte sich übernommen, als er den ganzen Weg bis in den Wald gelaufen und dann zwischen den Bäumen herumgestapft war! Einmal war er sogar über eine Wurzel gestolpert und hingeschlagen. Nicht auszudenken, wenn er ernsthaft gestürzt wäre! Minchen hätte alleine und hilflos zu Hause gesessen. Von ihm ganz zu schweigen! Er war auch so schon länger weg gewesen, als er normalerweise wagte. Daß er Tanja auf dem Rückweg getroffen hatte, war Glück gewesen. Aber ganz recht war es ihm im nachhinein nicht. Frieda, das alte Waschweib, hatte die halbe Nachbarschaft in Aufruhr versetzt. Das paßte Heinrich gar nicht. Andererseits war es wiederum nicht ganz so schlimm, war man doch von Frieda nichts anderes gewohnt, als daß sie ihre Nase in anderer Leute Sachen steckte und maßlos übertrieb.

Heinrichs Mühe hatte sich aber dennoch gelohnt. Der Zweck des Ausflugs war erfüllt. Er hatte die Stelle gefunden. Die Stelle, an der er ihn vergraben hatte, damals, als er plötzlich vor ihnen gelegen hatte. Vor ihm und Lisbethchen. Unten an der Böschung, neben einem Stein.

Es war die richtige Stelle. Da war er ganz sicher, obwohl sich das Umfeld verändert hatte. Alles war zugewachsen. Er hatte sich ein Stück durch das dichte Gestrüpp gekämpft, bis er überzeugt war, daß hier in letzter Zeit niemand gewesen sein konnte. Daraufhin hatte er erleichtert den Rückweg angetreten.

Die Unruhe stieg aber schnell wieder in ihm auf. Daß es um die Sache von damals ging, da war er sich sicher. Er wußte, daß er sich in seinem Leben nie etwas anderes hatte zuschulden kommen lassen. Aber wenn niemand die Stelle im Wald aufgesucht hatte, woher wußte derjenige dann, um was es ging? Und wie brachte er die Sache mit ihm in Verbindung? Die einzige Antwort konnte nur sein: Es gab noch einen Hinweis. Aber wo?

Ob Lisbethchen sich nach all den Jahren verplappert hatte? Er würde sie fragen müssen. Aber Lisbethchen lag im Krankenhaus, und zum ersten Mal kam Heinrich der Verdacht, daß auch dies kein Zufall war.

André ging natürlich nicht zu Fuß nach Hause. Er ging überhaupt nicht nach Hause. Bis morgens saßen Susanna und er im Garten bei einem Windlicht. Als es kühl geworden war, hatten sie sich in Decken gewickelt. Nicht nur geredet hatten die beiden, sondern auch reichlich getrunken.

Pfeffer und Minz bekamen dadurch wieder einmal die Gelegenheit, den Großteil der Nacht unter Sternenhimmel zu genießen. Ob sie es zu schätzen wußten, blieb dahingestellt. Bevor Susanna und André gegen vier Uhr aufgaben und mit Decken und Gläsern nach drinnen zogen, setzten sie die beiden unter lautem Gekicher in ihre Kästen zurück.

Susanna entfuhr ein lautes „Nein!“, als André wieder nach Minz greifen wollte. „Du nimmst diesmal Pfeffer! Der ist pflegeleichter.“

Mit abgespreiztem Daumen versuchte André, den zufriedenen Pfeffer in seine Kiste zu bugsieren. Dazu drückte er ihn mit seiner lädierten Hand gegen die Brust, weil er vergessen hatte, vorher das Gittertürchen des Kastens aufzumachen. Aber einhändig war das gar nicht so leicht. Susanna lachte sich fast schief, dachte aber nicht daran, ihm zu helfen. Statt Pfeffer wieder im Auslauf abzusetzen und das Türchen mit beiden Händen zu öffnen, hockte sich André hin und versuchte, Pfeffer zwischen Knien und Bauch einzuklemmen, während er am Riegel hantierte. Pfeffer fühlte sich in dieser Zwangslage höchst unwohl und zog es vor, das Terrain zu erkunden. Er sprang André vom Schoß und hoppelte davon. Susanna hatte sich aus Erfahrung geschickter angestellt. Sie hatte das Türchen vorher geöffnet und Minz fachmännisch im Nacken gepackt, so daß sie mit ihrem Gezappel wenig Schaden anrichten konnte.

Nachdem es ihnen endlich gelungen war, Pfeffer, der im Dunkel des Gartens gut getarnt war, wieder einzufangen, schnappte sich Susanna den Käfig von Piep und Puck. Die hatten schon die Schnäbel ins Gefieder gesteckt und erschraken nun heftig, als Susanna ob des Alkoholeinflusses mit dem Käfig gegen den Türrahmen stieß.

7. Tag

Gisela Schneeberger nahm keinen der Briefe mit, als sie Lisbethchen im Krankenhaus besuchte.

Sie hatte sich angeboten, Waschzeug und Nachthemden zusammenzusuchen und ins Krankenhaus zu bringen. Es behagte ihr gar nicht, so in Lisbethchens Sachen herumzusuchen. Sie kam sich wie ein Spitzel vor. Lisbethchen hatte ja nicht damit gerechnet, ins Krankenhaus zu müssen, und folglich hatte sie auch nicht aufgeräumt.

Als der Notarzt am Donnerstag abend gekommen war, hatte es eine ganze Weile gedauert, bis Gisela einen alten, geblümten Kulturbeutel für die Waschsachen hatte finden können. Die Suche nach einer Reisetasche hatte sie schnell aufgegeben und kurzerhand ihre eigene beigesteuert.

Jetzt brauchte sie Nachschub an Nachthemden.

Wie in ihrer Generation üblich, besaß Lisbethchen einen extra Stapel *guter* Nachthemden und Unterhosen – für den Fall, daß sie ins Krankenhaus mußte. Im Schrankfach direkt darunter befanden sich die Kleidungsstücke, die ganz offensichtlich für den täglichen Gebrauch bestimmt waren. Gisela konnte nicht umhin, eines der Nachthemden hochzunehmen und den Kopf zu schütteln. Der Zustand war einfach bedauernswert. Das Hemd war an allen Enden geflickt. So schlecht ging es Lisbethchen finanziell eigentlich gar nicht, aber sie gehörte eben zur Spargeneration. Nichts wurde weggeworfen, und ein großer Unterschied gemacht zwischen den Gegenständen für den alltäglichen Gebrauch und den Sachen, die für sonntags und für besondere Anlässe reserviert blieben. Das galt nicht nur für Kleidung, sondern auch für Geschirr und hatte zur Folge, daß die schönen Dinge fast nie zum Einsatz kamen und in der hintersten Ecke des Schrankes ein trauriges Dasein fristeten, bis sie aus der Mode gekommen waren. Erst dann kamen sie zum täglichen Einsatz, denn dann war es nicht so schlimm, wenn sie verschlissen oder gar kaputtgingen. So lebte man immer einen Schritt hinter dem allgemeinen Trend.

Lisbethchen hätte schon längst für den alltäglichen Gebrauch ein nettes Nachthemd aus dem überaus reichlichen Fundus an schönen Teilen nehmen können, aber das konnte Gisela ihr natürlich nicht sagen. Die Arme hätte sich furchtbar geschämt.

Da sie mit Lisbethchen kaum hatte sprechen können, als sie eingeliefert worden war, hatte der zuständige Arzt den Namen des nächsten Verwandten verlangt, und Gisela war nicht umhin gekommen, ihm Holger zu nennen. Das würde ihr Lisbethchen sicher übelnehmen, aber was war ihr anderes übriggeblieben? Sie hatte noch ihre eigene Adresse dagelassen und sich verabschiedet.

Gestern hatte sie mit Lisbethchen telefonieren können. Es ging ihr schon besser. Sie hatte wie ein Rohrspatz geschimpft, wollte endlich wieder nach Hause. Aber daraus wurde nichts.

Gisela hatte Holger mit keinem Wort erwähnt, aber sie nahm sich vor, heute die Schwester zu fragen, ob man ihn erreicht hatte.

Mit einer Tasche voller Wäschenachschub betrat Gisela das Krankenhaus. Selbstredend ließ es sich Katharina nicht nehmen, sie zu begleiten, nachdem sie ihr gestern den Hörer förmlich aus der Hand gerissen hatte, um mit ihrer geliebten Tante Lisbeth zu reden. Gisela hatte sie bremsen müssen, da Katharina immer vom

Hundertsten ins Tausendste kam und alle möglichen Neuigkeiten aus der Schule und von ihren Freundinnen loswerden wollte.

Jetzt hüpfte sie gespannt neben ihrer Mutter her.

„Hier stinkt's", bemerkte sie und rümpfte die Nase.

„Pst, Katharina. In Krankenhäusern riecht es immer so."

„Das ist aber eklig."

„Das mag sein, aber es ist nun mal so. Das sind Desinfektionsmittel und Medikamente und all solche Sachen, die man eben in einem Krankenhaus braucht."

„Ich bin mal gespannt, wie es der Tante Lisbeth geht."

„Ich auch."

Gisela klopfte an die Zimmertür.

„Herein", kam eine Antwort von drinnen.

Gisela drückte die Klinke herunter.

„Guten Tag."

„Guten Tag."

Gisela nickte der Frau im ersten Bett an der Tür zu. Das mittlere war nicht belegt. Lisbethchen lag am Fenster und schlief.

„Sie hat die ganze Nacht kein Auge zugetan", bemerkte die Frau an der Tür, und Gisela war sich nicht sicher, ob das einfach nur als Hinweis gemeint war. Irgendwie klang es vorwurfsvoll.

Katharina faßte Lisbethchen am Arm, um sie zu wecken.

„Laß!" flüsterte Gisela schnell. „Ich rede erst mal mit der Schwester."

Sie nahm ihre Tochter an der Hand und verließ wieder das Zimmer.

Die Schwester saß in der Aufnahme weiter vorne im Flur.

„Die Frau Weinbrenner hat die Nacht sehr unruhig geschlafen“, erklärte sie. „Wenn Sie nichts Wichtiges haben, dann sollten Sie sie schlafen lassen.“

„Haben Sie ihren Enkel informiert?“

„Das kann ich nicht sagen. Ich war nicht hier, als Frau Weinbrenner eingeliefert wurde.“

„Aber Sie können doch sicher für mich nachschauen?“

„Eigentlich geben wir keine Auskünfte.“

„Schauen Sie, ich bin die Nachbarin. Ich helfe Frau Weinbrenner, wann immer ich kann, aber ich bin eben keine Verwandte. Deshalb will ich wissen, woran ich bin.“

„Na gut.“

Die Schwester schaute nach.

„Ja. Hier ist ein Vermerk. Herr ...“

„Weinbrenner.“

„Ja, Herr Weinbrenner wurde sofort informiert. Hat er sich nicht mit Ihnen in Verbindung gesetzt?“ fragte die Schwester erstaunt.

„Nein. Und ich werde ihn auch nicht anrufen. Frau Weinbrenner wird eh nicht erfreut sein, ihn zu sehen. Das nur zur Information, falls er hier auftaucht.“

Die Schwester nickte.

Gisela deponierte also die mitgebrachten Sachen im Schrank und vergewisserte sich noch einmal, ob Lisbethchen immer noch schlief.

„Wenn sie jetzt schläft, ist sie vielleicht wieder die ganze Nacht über wach“, moserte die Zimmergenossin, aber das konnte Gisela nur mit einem Schulterzucken kommentieren.

„Sie ist eben krank, da kann man sie doch nicht mit Gewalt wach halten.“

Gisela machte sich mit Katharina wieder auf den Nachhauseweg. Vorher jedoch bat sie die Schwester, Lisbethchen einen schönen Gruß auszurichten.

Susanna wurde durch einen stechenden Schmerz im Nacken wach.

„Autsch!“

Mit verzerrtem Gesicht drehte sie den Kopf langsam abwechselnd nach links und rechts. Die Spannung im Nacken ließ nach, aber der Schädel brummte weiterhin unbarmherzig. Mit geschlossenen Augen versuchte sie, sich umzudrehen und wäre fast vom Sofa gefallen. Mühsam tastete sie nach der Decke. Das war nicht ihre Bett-, sondern ihre Sofadecke! Kein Wunder, daß der Nacken schmerzte. Ihr Kopf lag nur auf einem der kleinen Cocktailkissen. Noch nicht einmal ausstrecken konnte man sich ordentlich auf dem Dreisitzer mit den dicken Knubbelarmlehnen. Oh weh! Ihr fiel schlagartig André ein. Sie öffnete die Augen.

Auf dem Sofa hatten sie gesessen. Er hatte seinen Arm um sie gelegt. Sie hatte die Beine angezogen, sich an ihn gelehnt. Das war das letzte, an das Susanna sich im nachhinein erinnern konnte. Danach mußte sie eingeschlafen sein.

Hastig setzte sie sich auf und bereute es sofort. Das Zimmer drehte sich wie ein Karussell. Ihr Kreislauf war noch nicht auf der Höhe. Sie schloß schnell die Augen und wartete. Als sie sie wieder öffnete, waren die Möbel stehengeblieben.

André lag auf dem Boden. Er hatte sich aus den vielen Sofakissen eine Art Nest gebaut, in dem er jetzt auf dem Bauch lag und nicht den Eindruck machte, als würde er schnell auf die Beine kommen.

Sie stand auf und schaute ihn von der Seite an. Die blonden Haare standen ihm zu Berge. Ein dünner Faden Speichel tropfte auf eines der Kissen. Weniger schön. Dennoch konnte sie sich kaum vorstellen, daß es irgend jemanden gab, der nach dem Aufstehen schlimmer aussah als sie selbst. Ihre rote Mähne stand dann nicht nur nach allen Seiten ab, so wie sie es ohnehin immer tat, sondern die Locken waren so verheddert, daß sie jeden Morgen ihre liebe Mühe hatte, mit der Bürste hindurchzukommen. Sie mußte einen sehr unruhigen Schlaf haben.

André bewegte sich und drehte sich auf die Seite. Dabei rutschten die Kissen unter ihm auseinander, und er plumpste auf den Laminatboden. Unbewußt schob er sie wieder unter sich, ohne dabei wach zu werden.

Susanna gähnte und kratzte sich am Kopf. Ihre Armbanduhr zeigte 13.24 Uhr. Es war Sonntag, also egal, wann sie wieder auf dem Damm war. Aber André hatte vielleicht Verpflichtungen. Gesagt hatte er nichts davon, aber es war sicher besser, wenn sie ihn weckte. Doch bevor sie das tat, verschwand sie schnell im Bad. Nicht jeder konnte es ertragen, von Pumuckl geweckt zu werden.

Tanja Meißner und Michael Reinhausen spazierten durch die Wiesen. Tanja hatte Jessica bei der Oma abgeliefert, ohne freilich den besonderen Anlaß zu nennen. Aber das war auch nicht nötig gewesen, denn die Oma war froh, das Kind um sich zu haben und stellte keinerlei Fragen. Nur Barbie konnte Tanja niemandem aufs Auge drücken. Also lief der kleine Hund fröhlich neben den beiden her.

Tanja hatte einen Weidenkorb für ein Picknick gepackt und suchte jetzt ein passendes Plätzchen zum Hinsetzen. Reinhausen hatte sich die Decke unter den Arm geklemmt und folgte Tanja gehorsam. Schließlich war sie es, die sich hier auskannte und die Idee mit dem Picknick gehabt hatte.

Die Natur war rein und von herber Schönheit. Reinhausen genoß jede Minute, jede Minute, die er in der Natur verbringen konnte. Ob allerdings Tanja die richtige Person war, um ihn dabei zu begleiten? Er war sich nicht mehr so sicher. Anfangs hatte er sich über die Bekanntschaft gefreut. Sie war alleine, den ganzen Tag zu Hause, redete gerne, suchte Anschluß, zeigte ihm die Umgebung. Aber langsam entwickelte sie sich zu einer Klette. Es würde womöglich schwierig werden, sich wieder von ihr zu lösen, sich wieder eigene Freiräume zu schaffen. Mit der Postbotin, die sie gestern im Dorf getroffen hatten, hätte er gerne ein bißchen geplaudert. Aber Tanja hatte sofort gemauert. Reinhausen seufzte. Laut.

Prompt drehte sich Tanja zu ihm um.

„Gleich sind wir da. Da unten will ich hin", beschwichtigte sie ihn. Sie streckte den Arm aus und deutete auf eine Bank am unteren Ende der Wiese. Sie stand an einem kleinen Feldweg. Warum sie nicht gleich unten den Weg entlanggelaufen waren, und warum er eine Decke mitschleppen mußte, wenn sie sich eh auf eine Bank setzen wollten, war ihm ein Rätsel. Er verkniff sich seine schlechte Laune und sagte nur: „Prima!"

Tanja hatte das Gefühl, Konversation betreiben zu müssen. „Du, Michael, ich habe übrigens nachgedacht. Weil du mich doch wegen Antiquitäten gefragt hast. Also, ich kenne mich nicht aus, das weißt du ja, aber eines ist mir eingefallen: Ein paar Kilometer weiter gibt es einen Mann, der sammelt alte Bügeleisen. Und er freut sich immer, wenn jemand vorbeikommt, dem er sie zeigen kann."

„Bügeleisen?" fragte Reinhausen.

Tanja nickte.

„Netter Vorschlag von dir." Reinhausen stöhnte innerlich. „Ich überlege es mir. Und ist dir noch etwas bezüglich der alten Möbel eingefallen?"

„Nein, leider nicht. Die verkauft hier keiner."

Reinhausen stöhnte erneut innerlich.

„Wie gesagt: ich suche keinen Antiquitätenhändler. Mir ist es viel lieber, wenn ich privat Stücke aufkaufen kann. Direkt von den Eigentümern, meine ich."

„Das habe ich schon verstanden. Aber mir fällt niemand ein."

„Hatte ich dir erzählt, daß ein Kollege von mir vor längerer Zeit hier in der Gegend ein ganz besonders schönes kleines Tischchen mit Intarsienarbeiten bei einer alten Dame aufgekauft hat? Vielleicht gab es hier früher in der Gegend einen Kunsthandwerker, der sich auf solche Arbeiten spezialisiert hatte?"

„Wüßte ich jetzt nicht. Warum fragst du deinen Kollegen nicht?"

„Weil er ins Ausland gezogen ist. Ich habe keinen Kontakt mehr zu ihm."

„Ach so."

„Wie könnte ich denn an Informationen kommen?"

„Man müßte jemand älteres fragen. Den mit den Bügeleisen vielleicht."

„Ja, vielleicht."

„Oder warte mal.“ Tanja überlegte. „Müllers Frieda könnten wir fragen.“

„Müllers Frieda?“

„Ja.“ Tanja blieb stehen. “Geschafft!“

Sie waren an der Bank angekommen.

„Gib mal die Decke her.“

Er gehorchte. Tanja breitete sie über die Bank aus.

„So. Setz dich.“

Reinhausen gehorchte erneut.

Tanja goß Kaffee aus der Thermoskanne in zwei Pappbecher und gab etwas Milch aus einem kleinen Tuppergießer in einen der Becher. Reinhausen beobachtete sie von der Seite. Wie eine Glucke! Ihm gingen solche Klammerweiber auf den Geist. Langsam aber sicher entwickelte er eine Allergie gegen Tanja. Er hätte die Decke selbst hinlegen können, wenn er sie schon getragen hatte. Nein. Er hatte sie ihr geben müssen, und sie hatte sie ausgebreitet. Setz dich, hatte sie gesagt. Brav hatte er gehorcht. Sie wußte auch schon, wieviel Milch er in seinem Kaffee bevorzugte. Voller Unbehagen beobachtete er, wie sie nun auch noch seinen Kaffee umrührte. Oder war sie es von der kleinen Tochter so gewohnt, und er tat ihr unrecht? Wenn sie jetzt noch zum Abkühlen in den Becher blies, würde er die Flucht ergreifen. Aber so weit ging sie dann glücklicherweise doch nicht. Sie reichte ihm den Kaffee mit den Worten: „Vorsicht, heiß.“

Dann packte sie ein belegtes Brötchen aus, wickelte eine Serviette um das untere Ende und drückte es ihm in die Hand.

„Was ist denn drauf?“ wollte er wissen.

„Leberwurst.“

„Ich hasse Leberwurst“, preßte er hervor.

Tanja fiel die Kinnlade herunter. Daß er in einem solchen Ton mit ihr sprach! Sie mußte sich verhört haben.

Prompt reagierte er: „Oh Gott, entschuldige. So drücke ich mich normalerweise nicht aus. Entschuldigung. Ist mir das peinlich! Es ist mir so rausgerutscht, weil ich an Leberwurst schlechte Erinnerungen habe."

„Macht doch nichts. Ich hätte dich ja auch vorher fragen können, was du willst."

„Ich bitte dich, wenn du schon alles beisteuerst und organisierst, richte ich mich doch gerne nach dir."

„Ich kann dir noch ein Käsebrötchen oder eine Banane anbieten. Gekochte Eier habe ich auch noch. Und Kartoffelsalat."

„Ich nehme die Banane."

Tanja kramte im Korb nach den Bananen.

„Wer ist denn diese Müller ...?"

„Müllers Frieda. Eigentlich heißt sie Elfriede Helmhäuser. Sie ist das wandelnde schwarze Brett von Badhausen. Erstens ist sie alt. Und zweitens weiß sie alles. Sowohl was früher passiert ist, als auch was heute so los ist. Du glaubst gar nicht, wie neugierig die Alte ist. Aber ich sage dir jetzt schon: Nimm dich in acht. Wenn sie mit dir fertig ist, weiß sie alles über dich!"

Reinhausen hörte zwar zu, schaute aber gleichzeitig ängstlich auf die Banane, mit der Tanja in der Luft herumfuchtelte, während sie mit ihm sprach. Tu's nicht, dachte er. Aber sie tat es. Sie schälte die Banane für ihn.

„Ich kann mir meine Banane selbst schälen, Tanja", sagte er und bemühte sich um einen gelassenen Tonfall.

„Ach, das mache ich doch gerne für dich", meinte Tanja, schälte die Banane fertig und reichte sie ihm.

So. Feierabend. Das war’s. Wenn sie diesen Bügeleisenheini und die Schwarze-Brett-Omi abgeklappert hatten, würde er sie abservieren. Das war ja nicht zum Aushalten! Die Frau war eindeutig etwas für Männer mit Ödipuskomplex.

9. Tag

Am Dienstag bekam Susanna den Ärger, mit dem sie eigentlich schon früher gerechnet hatte. Thomas Berentz war wieder zu Hause. Er stand auf dem Hof, als sie mit dem Zustellkarren um die Ecke bog, um zu seinem Briefkasten zu gehen. Diesmal stand er einfach da, ohne Kärcher, ohne offensichtliche Arbeit.

„Ich war beim Arzt“, sagte er nur.

„Sind Sie krank?“

„Spar dir deine blöden Bemerkungen. Dir wird das Lachen noch vergehen, wenn mein Anwalt mit der Schmerzensgeldforderung kommt.“

„Wenn Sie sich noch mehr blamieren wollen, als Sie es ohnehin schon getan haben, dann viel Spaß. Die Leute sind immer dankbar für gute Unterhaltung.“

„Du glaubst wohl, mir liegt etwas daran, was diese Dorftrottel hier denken?“

Susanna steckte den kleinen Umschlag in den Briefkasten und hob die Hand zum Abschied.

„Gute Besserung!“

„Ich sag’s dir noch einmal. Du kannst dir deine blöden Sprüche sparen.“

Er kam ein paar Schritte auf sie zu.

„Paß bloß auf. Heute hast du keinen, der für dich lügt. Der Norbert ist nämlich auf der Arbeit.“

„Ach, haben Sie vorher überprüft, daß keiner da ist? Ich kann mich wehren, wie Sie wissen.“

Berentz grinste nur. „Immer eine große Klappe, was? Heute hast du keinen Überraschungsvorsprung."

„Brauche ich auch nicht. So, und jetzt verpissen Sie sich. Sie gehen mir nämlich schlicht und ergreifend auf den Geist."

„Kann ich Ihnen irgendwie behilflich sein?"

Überrascht drehte sich Susanna um. Michael Reinhausen kam die Straße entlang und machte ein alarmiertes Gesicht.

„Na, um dich scharwenzelt ja das ganze Dorf herum, wie? Bist du so etwas Besonderes? Verpasse ich da etwa was?"

Susanna ignorierte Berentz und antwortete Reinhausen:

„Nein danke, wir beide", sie deutete auf ihr Gegenüber, „haben kürzlich auf recht amüsante Weise Bekanntschaft geschlossen."

„Passen Sie auf", bemerke Berentz unbeirrt, „die Kleine ist nicht ganz dicht."

„Sagen Sie mal, wie reden Sie über die Dame?" erboste sich Reinhausen.

„Die Dame? Daß ich nicht lache."

„Kommen Sie!" Susanna faßte Reinhausen am Ellbogen und zog ihn fort, was der sich gern gefallen ließ.

Berentz machte keine Anstalten hinterherzugehen und rief den beiden nur nach: „Viel Spaß!"

„Was hat er denn?" wollte Reinhausen wissen.

„Ich weiß auch nicht. Er hat mich auf dem Kieker, und wir hatten daher eine kleine Auseinandersetzung. Ich trage erst seit letzter Woche hier vertretungsweise die Post aus. Aus irgendwelchen Gründen mußte er auch mit mir Stunk anfangen, nachdem er es sich schon mit der ganzen Nachbarschaft und dem halben Dorf verdorben hat. Es gibt solche Leute. Glauben Sie mir, mich erstaunt nichts mehr. Was mir so alles begegnet ..."

Reinhausen schaute sich prüfend nach Berentz um. Der war nicht mehr zu sehen.

„Das kann ich mir vorstellen. Sie sehen zwar nicht so aus, als könnten Sie sich nicht selbst helfen, aber ich bin trotzdem froh, daß ich zufällig vorbeigekommen bin."

„Ja, ich auch. Ich habe vor solchen Typen eigentlich keine Angst. Er hat schon einmal den Kürzeren gezogen, aber auf die Nerven geht er mir doch ganz gehörig."

Reinhausen verkniff sich zuzugeben, daß er nicht ganz zufällig vorbeigekommen war. Er hatte beim Spazierengehen Ausschau nach ihr gehalten. Einen besseren Grund, sie anzusprechen, hätte er sich nicht wünschen können.

„Haben Sie noch viele Straßen zu versorgen?"

„Nein. Ich habe schon weit über die Hälfte geschafft."

„Hätten Sie etwas dagegen, wenn ich Sie begleite?"

„Wenn ich mir damit keinen Ärger mit Tanja einhandle."

Reinhausen schaute sie von der Seite an. Für einen Moment wußte er nicht, ob er diese Bemerkung ernst nehmen sollte.

„War nur Spaß", erlöste Susanna ihn.

„Aber ich hoffe, Sie bekommen keinen Ärger mit Ihrem Mann."

Er schaute übertrieben auffällig auf ihren rechten Ringfinger und fügte hinzu: „Oder Freund. Eines habe ich nämlich schon mitbekommen: Hier wird alles beobachtet, und alles spricht sich herum. Auch wenn es nicht stimmt."

Susanna nickte lachend. „Besonders dann."

„Sie haben doch einen Freund, oder? Sie müssen einen haben, denn ich kann mir nicht vorstellen, daß jemand wie Sie alleine ist."

Susanna zuckte lachend mit den Schultern.

„Sie wissen es nicht? Ach, es gibt schon welche, die wollten, aber Sie wollen nicht?“

„Lassen Sie’s gut sein“, beendete Susanna das Rätselraten.

„Entschuldigung. Ich wollte nicht indiskret sein, sondern nur einen Spaß machen.“

„Schon gut.“

Susanna fuhr mit ihrer Arbeit fort, während Reinhausen neben ihr herging.

„Sagen Sie, wie verschlägt es eigentlich jemanden wie Sie ausgerechnet nach Badhausen?“

„Ich betreibe einen Antiquitätenhandel in Frankfurt. Einmal bin ich bei einer meiner Einkaufsreisen durch diesen Teil des Westerwaldes gefahren. Es hat mir gefallen, und jetzt komme ich her, wann immer ich kann. Ist ja gar nicht so weit.“

„Also sind Sie mehr oder weniger aus Zufall hier gelandet.“

„Jein!“ Reinhausen entschloß sich, nicht den gleichen Fehler zu machen wie bei Tanja, sondern die Geschichte mit dem Kollegen und dem Tischchen gleich zu erzählen. Er blieb plötzlich stehen. „Sie kann ich doch fragen! Sie kennen sich doch bestimmt aus!“ rief er und ging weiter. „Also, es ist so: Natürlich komme ich her, weil es mir gefällt. Aber damals, als ich zum ersten Mal hier in der Gegend war, gab es einen bestimmten Grund. Ein Kollege von mir hatte einmal hier irgendwo privat ein Intarsientischchen aus dem 19. Jahrhundert gekauft. Leider ist der Kollege mittlerweile im Ausland. Ich habe keinen Kontakt mehr zu ihm, und ich kann ihn nicht mehr fragen, wo. Aber ich habe mir gedacht, daß es vielleicht früher hier einen Kunsthandwerker gab, der diese Tischchen hergestellt hat. Und wo ein Tischchen ist, sind vielleicht noch mehr.“

„Tut mir leid, an das 19. Jahrhundert kann ich mich nicht mehr erinnern."

Reinhausen blieb stehen und schlug sich auf die Oberschenkel. „Ich bitte Sie, Frau ... Oh Gott, jetzt ist mir ihr Name entfallen. Wie peinlich."

„Greiner."

„Frau Greiner, natürlich. Nein, was ich mir dachte, war, daß Sie als Postbotin doch bestimmt die Leute hier kennen und vielleicht wissen, wer Antiquitäten besitzt. Es gibt so viele Leute, die sich gar nicht bewußt sind, welche kleinen Schätze in ihren Zimmern oder, noch schlimmer, auf den Dachböden herumstehen, ohne eines fachmännischen Blickes gewürdigt zu werden! Eine Schande ist das!"

„Das kann ich mir vorstellen."

„Aber da fällt mir ein, daß Sie eben sagten, Sie seien erst seit einer Woche hier."

„In Badhausen, ja. Aber ich bin Springer. Ich werde überall in der Gegend eingesetzt, kenne die Dörfer ringsum also recht gut. Die Kollegin, die normalerweise hier Dienst tut, ist zur Kur. Solange vertrete ich sie."

„Das ist ja interessant und so abwechslungsreich!"

„Finde ich auch, aber es gibt viele Menschen, die mögen keine Abweichungen von der Routine."

„Wem sagen Sie das! Aber wenn ich ehrlich bin, kann ich mit dieser Mentalität nichts anfangen. Bei mir muß es immer etwas Neues geben!"

„Bei mir auch."

Reinhausen strahlte sie an. „Sie schickt mir der Himmel!“ Das meinte er sogar ernst. „Kennen Sie denn Leute, die schöne alte Möbel haben? Ich meine, Sie kommen doch viel rum.“

„Ich muß zugeben, daß ich auf so etwas nie richtig geachtet habe. Außerdem bleibe ich meist vor der Haustür. Und selbst wenn mir etwas auffallen würde, dürfte ich es Ihnen nicht einfach so sagen ...“

„Oh, natürlich! Das verstehe ich. So war meine Frage auch nicht gemeint. Sie könnten höchstens *meine* Telefonnummer weitergeben. Ich würde mich dann natürlich bei Ihnen ... revanchieren.“

Susanna hatte grundsätzlich keine Lust, sich mit anderer Leute Geschäften abzugeben. Schon gar nicht während der Arbeitszeit. Abgesehen davon, war so etwas nicht korrekt.

„Tanja hat mir übrigens einen alten Herrn empfohlen, der Bügeleisen sammelt.“

„... Bügeleisen? Ach so, ja, jetzt weiß ich, wen sie meint. Aber er kennt sich garantiert nicht mit wertvollen Möbeln aus. Ganz sicher nicht.“

„Das habe ich mir gedacht. Dann hatte Tanja mir noch eine Frieda Müller genannt. Hier aus Badhausen. Bei der war ich gestern schon.“

„Mit Tanja?“ fragte Susanna erstaunt.

„Nein, sie wollte nicht mit.“

Susanna mußte grinsen.

„Sie lachen! Heute weiß ich auch, warum sie nicht mit wollte! Ich bin überhaupt nicht zu meiner Frage gekommen. Ständig hat *sie mich* etwas gefragt. Ich kam überhaupt nicht zum Zug! Das heißt, doch, ich habe meine Frage sehr wohl gestellt. Mehr als einmal sogar, aber bevor ich endlich eine Antwort bekam, mußte ich meinerseits eine Unmenge an Fragen beantworten."

Susanna nickte lachend. „Ich kann es mir bildlich vorstellen, Sie armer Mensch! Ja, es gibt neugierige Leute hier, die nageln einen richtig fest."

„Das Phänomen ist an sich nicht neu für mich. Ich komme oft zu alten, alleinstehenden Leuten, egal ob hier auf dem Dorf oder in der Stadt. Sie sind einfach so einsam, daß sie sich über jedes Gespräch freuen. Im Grunde ist es traurig, obwohl es einen nervt."

Susanna nickte. „Hat sich die ganze Prozedur am Ende wenigstens gelohnt?"

„Na ja. Sie nannte mir einen Namen. Eine Frau Elisabeth Weinbrenner. Hier aus dem Ort. Aber weiter komme ich da im Moment nicht, denn die alte Dame soll derzeit im Krankenhaus liegen."

„Ja, das stimmt wohl. Aber eine Nachbarin kümmert sich um sie. Wir können sie ja bitten, Frau Weinbrenner anzusprechen, wenn es ihr wieder besser geht. Da ist sie übrigens!"

Susanna und Reinhausen waren mittlerweile bei dem Haus der Schneebergers angekommen. Gisela stand im Garten neben dem Auslauf mit den Meerschweinchen. Katharina hockte daneben und erzählte ihr etwas mit großer Überzeugung, während sie immer wieder auf die Tiere deutete.

„Hallo, ihr beiden!" grüßte Susanna.

„Hallo!" Gisela schaute Reinhausen neugierig an. „Hast du Post?" fragte sie Susanna, ohne ihn aus den Augen zu lassen.

„Heute nur für euch."

„Gut."

Susanna drückte Gisela ein paar kleine Umschläge in die Hand und zog noch eine Zeitschrift aus ihrem Karren.

„Na, bist du nicht in der Schule?“ wollte sie von Katharina wissen.

„Deutsch ist ausgefallen.“

„Glück gehabt, was?“ Susanna zwinkerte ihr zu.

Gisela Schneeberger schaute abwartend zwischen Reinhausen und Susanna hin und her.

Susanna verstand. „Das ist übrigens Herr Reinhausen. Er macht öfter mal einen Kurzurlaub in Badhausen und hat sich mir angeschlossen. Das ist Gisela Schneeberger.“

„Freut mich.“ Reinhausen reichte ihr die Hand.

„Freut mich auch. Das ist übrigens meine Tochter Katharina.“

„Grüß dich! Du hast ja niedliche Meerschweinchen.“

„Das sind die Bommels.“

„Die Bommels! Na, das klingt ja lustig!“

„Wie geht es Lisbeth Weinbrenner?“ fragte Susanna.

Gisela zuckte mit den Schultern. „Besser. Eigentlich sollte sie nicht mehr alleine sein. Sie kann schließlich jederzeit wieder umkippen.“

Susanna nickte.

„Vielleicht ist sie umgefallen, weil der Mann da war.“

Alle Köpfe drehten sich zu Katharina.

„Welcher Mann?“ wollte ihre Mutter erstaunt wissen.

„Na, so ein Mann halt. Der war mit dem Auto hier.“

„Wann?“

Katharina zuckte mit den Schultern.

„Na, überlege mal!“

Katharina legte die Stirn in Falten. „Ich glaube, es war an dem Tag, an dem es Spinat gab“, meinte sie schließlich und verzog das Gesicht.

„Das war am Donnerstag, an dem Tag, an dem ich sie gefunden habe. Das darf doch nicht wahr sein! Warum hast du mir das denn nicht gesagt?“ regte sich ihre Mutter auf.

Katharina zuckte mit den Schultern. „Ich wußte ja nicht, daß ich das sollte.“

„Und du hast den Mann gesehen?“

Das Mädchen nickte.

„Hat er an der Tür geklingelt?“

Wieder ein Nicken. „Aber die Tante Lisbeth hat nicht aufgemacht.“

„Ach so! Und dann ist der Mann wieder weggegangen?“

„Nein. Dann habe ich ihm suchen geholfen, und da hat die Tante Lisbeth plötzlich doch die Tür aufgemacht.“

„Du hast also mit ihm gesprochen?“

Katharina nickte.

„Und dann?“

„Dann bin ich nach Hause gegangen.“

„Und der Mann?“

„Der ist mit der Tante Lisbeth ins Haus gegangen.“

Gisela und Susanna schauten sich an.

„Hast du den Mann auch wieder weggehen sehen?“ wollte Susanna wissen, aber Katharina schüttelte den Kopf.

„Wie sah er denn aus?“ fragte Gisela nach.

„Er hat Nike-Turnschuhe angehabt.“

„Aha! Du kannst aber gut beobachten“, lobte Susanna.

„War es denn ein junger Mann?“

Katharina schüttelte den Kopf. „Ungefähr so alt wie der Timo."

„Timo?"

„Der ist 28", klärte Gisela auf.

Reinhausen konnte sich ein Grinsen nicht verkneifen.

„Und wie sah er aus?"

„Ging so."

„Es kann eigentlich nur Lisbethchens nichtsnutziger Enkel gewesen sein", murmelte Gisela.

„Ja, wie denn nun? Beschreib ihn mal", forderte Susanna Katharina auf.

„Ganz groß. Größer als du. Mitteldick. Langweilige Haare."

„Kannst du ihn weiter beschreiben?"

„Nein, aber ich kann dir sagen, wie er heißt."

„Oh nee!" Susanna stöhnte, mußte dann aber lachen. „Wir raten uns hier einen ab, und du kennst seinen Namen. Wie hieß er denn?"

„Holger."

„Na also", sagte die Mutter. „Und jetzt erklär mir mal bitte einer, was ich nun machen soll."

„Was willst du schon machen?"

„Na, wenn sie wegen ihm hingefallen ist! Ich weiß doch, was für ein Faulenzer er ist!"

„Sie ist aber auch schon vorher umgefallen, und da war er nicht zu Besuch."

„Weiß man's?"

„Halt mal!" Susanna hielt den Zeigefinger in die Luft, um anzuzeigen, daß ihr gerade etwas eingefallen war. Doch dann besann sie sich und hielt den Mund. Es war nicht ihre Aufgabe, Lisbethchens Post mit anderen Leuten zu besprechen.

„Ach, nichts“, meinte sie daher schnell und ließ den Finger wieder sinken. Ihr war die Post wieder eingefallen, die Lisbethchen innerhalb der kurzen Zeit, in der Susanna in Badhausen Dienst tat, bekommen hatte. Und an jenem Tag, an dem sie zum zweiten Mal umgekippt war, hatte sie nach den Brieflaufzeiten gefragt. Das mußte alles nichts zu bedeuten haben, aber verwirrend war es schon. Zudem fielen ihr jetzt die Briefe ein, die sie eingeworfen hatte, als sie noch nicht wußte, daß Lisbethchen im Krankenhaus lag.

„Hattest du die Post mit ins Krankenhaus genommen?“ wollte sie von Gisela wissen, die sie die ganze Zeit über fragend anstarrte.

Die schüttelte den Kopf.

Reinhausen schaute die Frauen verwundert an. Welche Gedanken sie sich um diese Dame machten! Er war solche Anteilnahme nicht gewohnt.

Susanna bemerkte seinen Gesichtsausdruck und wechselte abrupt das Thema.

„Ach, du, wo wir dich gerade treffen: Herr Reinhausen hier ist Antiquitätenhändler aus Frankfurt und auf der Suche nach Intarsientischchen. Müllers Frieda hat ihm erzählt, daß Lisbeth Weinbrenner angeblich schöne, alte Möbel haben soll.“

„Was? Also, die Frieda erzählt wirklich viel, wenn der Tag lang ist. Und man muß nicht unbedingt alles glauben. So was! Was hat sie sich denn dabei gedacht? Ich kann mir ehrlich nicht vorstellen, daß da was dran ist. Aber es geht mich ja nichts an, und Ahnung habe ich schließlich auch keine. Lassen Sie mir doch Ihre Adresse da, und wenn Frau Weinbrenner wieder auf der Höhe ist, kann sie Sie ja anrufen.“

„Ach, ich bin doch heute gewiß nicht zum letzten Mal hier. Ich schaue irgendwann mal wieder vorbei“, wich Reinhausen plötzlich aus.

„Halt mal!“ rief Gisela. „Da fällt mir ein, was die Frieda vielleicht gemeint haben könnte. Frau Weinbrenner hat vor längerer Zeit mit ihrer Schwiegertochter zusammen den Speicher ausgemistet. Damals sind die Möbel von einem Händler abgeholt worden. Soweit ich weiß, ist also nichts mehr da.“ Soviel hatte sie sicher sagen können, ohne Privates auszuplaudern. Schließlich machte sie Reinhausen damit keine Hoffnungen, daß etwas zu holen war.

„Sehen Sie, Herr Reinhausen, am Ende war das womöglich Ihr Geschäftsfreund!“ meinte Susanna.

„Vielleicht, ja. Schade.“

„So, dann muß ich mal weiter“, beendete Susanna das Gespräch. „Tschüs.“

„Kommst du nachher noch mal vorbei?“ beeilte sich Gisela zu fragen, als Susanna sich zum Gehen umdrehte.

„Kann ich machen, ja.“

„Gut. Ich bin zu Hause.“

Sie verabschiedeten sich. Susanna hatte gleich bemerkt, daß Gisela etwas loswerden wollte, aber vor Reinhausen nicht reden konnte.

Am Ende ihrer Runde packte sie den Zustellkarren in den Wagen. Reinhausen wollte ihr unbedingt zur Hand gehen.

„Vielen Dank! Einen schönen Tag noch!“ Susanna stieg ins Auto und nickte ihm zu.

„Ich danke Ihnen. Vielleicht sehen wir uns demnächst wieder mal?“

Charmanter Kerl, dachte sich Susanna und nickte, aber jeden Tag mit ihm im Schlepptau quer durchs Dorf zu ziehen kam nicht in Frage. Am Ende dachte noch jemand, er könne sehen, wer welche Post bekam.

Sie startete den Motor und fuhr los. Reinhausen blieb tatsächlich stehen und wartete, bis sie außer Sichtweite war. Aber Susanna fuhr nicht nach Hause, sondern schlug den Weg zurück zu den Schneebergers ein.

Frieda klopfte ans Küchenfenster. Das tat sie manchmal, anstatt an der Tür zu klingeln.

„Was will die denn schon wieder?“ stöhnte Heinrich vor sich hin, erhob sich aber ächzend von seinem Küchenstuhl und ging nach draußen. Das war das Beste, denn wenn die Frieda einmal im Haus war, bekam man sie so schnell nicht wieder hinaus. Sie schnüffelte überall herum und regte mit ihrem penetranten Geplapper nur Minchen auf. Zwar sagte Minchen immer, daß sie über ein bißchen Besuch ganz froh sei, aber wenn Frieda gegangen war, machte sie immer einen erschöpften Eindruck.

„Was ist denn, Frieda?“

„Ei, ich wollte mal nach dem Rechten sehen, Heinrich.“

Von wegen, dachte sich Heinrich.

„Wie geht’s dir denn?“

„Gut, Frieda. Ich bin nur ein bißchen müde und wollte mich gerade hinlegen.“

„Was hast du denn gemacht?“

„Nichts Besonderes.“

„Hier, ich wollte dich mal was fragen.“

Aha. Wenn Frieda schon so anfing, stellten sich Heinrich die Nackenhaare auf. Er hatte geradezu auf diesen Satz gewartet. Das Schema war immer dasselbe: Mit sinnlosem Geschwätz schlich sie um den heißen Brei herum. Dann kam der entscheidende Satz: Was ich dich noch fragen wollte. Oder: Hör mal, eins wollte ich dich noch fragen. Die Frage kam früher oder später, in welcher Konstellation auch immer. Sie war fast eine Erlösung, aber trotzdem regte sich Heinrich maßlos auf, denn immer stellte Frieda eine Frage, die er ihr partout nicht beantworten wollte, die ihm einfach peinlich war oder die ihn sogar beleidigte. Die Frau scherte sich nicht um das, was sich gehörte oder nicht. Wenn sie einmal ihren Was-ich-noch-fragen-wollte-Satz abgeschossen hatte, bohrte sie neugierig, ohne Rücksicht auf Anstand, drauflos.

„Was willst du denn wissen?“ seufzte Heinrich, ohne seinen Unmut zu verbergen, was Frieda allerdings nicht sonderlich störte. Vielleicht nahm sie es auch gar nicht wahr.

„Kaufst du dir wieder neue Hühner?“

„Nein.“

„Warum denn net?“

„Weil ich keine mehr will.“

„Schade, es war immer gut, jemanden in der Nachbarschaft zu haben, bei dem man frische Eier kaufen konnte.“

„Ja, schade.“

So was! Heinrich wußte, daß Frieda ihre Eier bei den Hermanns oder im Laden holte, anstatt bei ihm. Nur manchmal war sie herübergekommen, um ihm sechs Stück abzukaufen. Wahrscheinlich nur, wenn ihr kein besserer Vorwand einfiel, um ins Haus zu kommen oder ein Gespräch anzufangen. Heinrich war allerdings froh, daß sie nicht zu seinen Kundinnen gehörte.

„So, dann will ich mal wieder reingehen, Frieda. Ich habe was auf dem Herd stehen. Mach's gut." Heinrich wandte sich ab.

„Ich dachte, du wolltest dich hinlegen."

„Ja, danach."

„Seit wann kocht ihr denn um diese Zeit?"

„Ausnahmsweise mal."

„Was gibt's denn Gutes?" ließ Frieda es sich nicht nehmen zu fragen.

„Ich mache nur Bockwürstchen heiß."

„Da bringst du mich auf was! Die könnte ich mir morgen auch machen!"

„Tu das."

„Sag dem Minchen einen schönen Gruß."

„Mach ich."

„Wie geht's ihm denn?"

„Wie immer Frieda. Sie ist ziemlich müde und braucht viel Ruhe."

Auf dem Weg nach drinnen fiel Heinrich ein, daß er heute noch nicht in den Briefkasten geschaut hatte. Für ihn war die Post nicht so spannend, daß er jeden Vormittag darauf lauerte. Frieda tat das, wobei er sich nicht vorstellen konnte, daß sie etwas Interessantes zu erwarten hatte.

Er zog seinen Schlüsselbund aus der Hosentasche und suchte den kleinen Briefkastenschlüssel heraus. Der Deckel schepperte, als er dagegen stieß. Demnach konnte nicht viel im Kasten sein. Der Klang wäre ansonsten dumpfer gewesen. Tatsächlich befand sich nur ein kleiner Brief darin. Heinrich drehte sich um. Frieda stand immer noch auf dem Hof und schaute gespannt. Als Heinrich den Brief herausnahm, ihr zunickte und die Tür hinter sich schloß, verschwand sie schließlich.

Heinrich ging zurück in die Küche und setzte sich auf seinen Küchenstuhl. Er hatte noch eine Tasse mit Muckefuck auf dem Tisch stehen, der mittlerweile kalt geworden war, aber Heinrich ließ nicht gerne etwas umkommen. Also nahm er einen Schluck und verzog das Gesicht.

Bevor er den Brief öffnete, drehte er ihn um, um auf den Absender zu sehen. Keiner drauf. Wieder begutachtete er die Vorderseite. Abgestempelt war der Brief in Bad Homburg. Mit dem Daumen pickte Heinrich den Umschlag an und schlitzte ihn dann mit dem Zeigefinger auf. Zum Vorschein kam eine Karte. Sie hatte in der Mitte einen leuchtend gelben Punkt, wie eine Sonne, der nach außen hin verblaßte. Auf diesem befanden sich nur zwei Zeilen:

„Bist Du soweit? Dann halte Dich bereit! Lisbeth ist ja leider nicht da.“

Heinrich ließ die Karte sinken. Dies war die Bestätigung dessen, was er befürchtet hatte. Hier ging es um ihn und um Lisbethchen. *Halte Dich bereit*. Was würde jetzt geschehen? Würde man persönlich mit ihm Kontakt aufnehmen?

Gisela Schneeberger drückte Susanna eine Tasse Kaffee in die Hand.

„Mensch, ich habe schon die ganze Zeit auf der Lauer gelegen, damit ich dich nicht verpasse.“

„Was gibt es denn Spannendes?“

„Halt dich fest: Das Lisbethchen wird erpreßt!“

„Was?“

Gisela nickte bestätigend.

„Hat sie das gesagt?“

„Nein!“

„Woher weißt du es dann?“

„Frag mich nicht. Ich weiß es eben.“ Gisela zögerte. „Ich weiß nicht, mit wem ich sonst darüber reden soll ... Du bist schließlich die Postfrau ...“

„Gisela ...! Hast du etwa ...?“

Gisela hob abwehrend die Hand.

„Hat Lisbethchen dir gesagt, du sollst die Post aufmachen?“

Gisela überlegte kurz. „Ja.“ Es klang nicht sehr überzeugend.

Wer’s glaubt wird selig, dachte Susanna und hielt den Mund. Was sollte sie dazu sagen? Jetzt und hier konnte sie nicht das Gegenteil beweisen.

Gisela fuhr fort, bevor Susanna ihr weitere unangenehme Fragen stellen konnte. „Aber ich habe ihr nicht gesagt, was drin stand. Um sie nicht aufzuregen. Also, paß auf“, ereiferte sie sich. „Es ist wirklich wichtig.“

Susanna war sich nicht sicher, ob sie überhaupt wissen wollte, was Gisela ihr gleich erzählen würde.

„Wir müssen Lisbethchen helfen! Ich weiß, daß du skeptisch bist. Du sollst auch nichts tun, was du nicht vertreten kannst, aber ich weiß nicht, was ich alleine machen kann. Meinem Mann kann ich derzeit mit so etwas nicht kommen. Der hat Streß.“

„Weiter“, sagte Susanna nur.

„Paß auf, in dem einen Umschlag, den du eingeworfen hattest, lag eine Karte mit einer gelben Sonne drauf, auf der stand so etwas wie:

Du weißt Bescheid. Ich melde mich wieder.

Sonst nichts. Aber es lag noch eine Kopie eines uralten handschriftlichen Briefes bei. Und jetzt halt dich fest: Der alte Text begann mit *Lieber Heinrich!"* Gisela hob den Zeigefinger. „Und dann stand da so etwas wie: *Du brichst mir das Herz. Denk noch mal darüber nach. Es ist passiert, und wir können es nicht rückgängig machen. Ich brauche das Geld. Laß uns wegziehen von Badhausen und von ...* Paß auf, jetzt kommt's: *von Frieda.* Und unterzeichnet war der Brief mit: *Deine Lisbeth.*"

„Boah!" Susanna verschlug es die Sprache.

„Na, was sagst du jetzt? Jemand hat einen alten Brief von Lisbethchen ausgegraben und erpreßt sie jetzt damit."

„Unglaublich!"

„Siehst du jetzt ein, daß wir etwas tun müssen, um der armen Frau zu helfen?"

„Ja, aber was? Zur Polizei gehen? Vergiß es!"

„Genau. Vergiß es."

„Weißt du, wer dieser Heinrich ist?" wollte Susanna wissen.

Gisela schüttelte den Kopf. „Ich weiß es natürlich nicht. Aber ich denke sofort an Heinrich Becker, der, der gegenüber von Müllers Frieda wohnt."

„Frieda! Mensch, das paßt! Was haben die drei miteinander zu tun?"

Gisela zuckte mit den Schultern und schüttelte den Kopf.

„Da war doch noch mehr Post, oder?" fiel Susanna ein.

„Ja, aber nichts Besonderes. Werbung, Telefonrechnung und ein Brief vom Dachdecker. War bestimmt die Rechnung."

„Ist ein neues Dach auf dem Haus? Ist mir gar nicht aufgefallen."

„Nee. Dem Lisbethchen sind beim letzten Sturm ein paar Ziegel heruntergefallen. Er hat sie ersetzt."

„Wie heißt der Dachdecker?"

„Bankhell."

„Ist das der aus Niederhüttenhausen?"

Gisela nickte.

„Ist der gut?"

Gisela zuckte mit den Schultern. „Ich weiß nicht. Er soll teuer sein, habe ich gehört. Wieso?"

„Irgendwann ist bei meinem Haus das Dach fällig. Ich habe doch das Häuschen von meinem Opa übernommen. Das Wichtigste ist gemacht, aber ich könnte noch ein Vermögen darin versenken. Das ist wie ein Faß ohne Boden!"

„Ja, die lieben Häuser. Da weiß man, wo das Geld hingeht. Aber was machen wir jetzt?"

Susanna zuckte mit den Schultern. „Frag mich etwas Leichteres. Ich muß darüber in Ruhe nachdenken. Wahrscheinlich können wir nur abwarten und ein Auge auf Lisbethchen haben, wenn sie wieder aus dem Krankenhaus kommt."

Susanna zog sich zu Hause gerade um, als das Telefon klingelte. „Hallöchen, Herr Doktor", säuselte sie, während sie gleichzeitig im Stehen versuchte, eine Socke anzuziehen.

„Hier ist nicht der Herr Doktor. Hier ist Tanja."

„Oh, da habe ich wohl die Nummer im Display verwechselt."

Susanna lachte, aber Tanja war nicht zu Späßen aufgelegt.

„Sag mal, muß das sein?"

Susanna schwante Böses. Sie versuchte erst gar nicht, die Unwissende zu spielen.

„Sprichst du davon, daß Michael Reinhausen beim Postaustragen neben mir hergelaufen ist?“

„Genau davon.“

„Oh Mann, ich wußte, daß du sauer sein wirst, aber was sollte ich denn machen? Ich kann dir versichern, daß ich keinerlei Absichten habe.“

„Ja, du hast ja dein Doktorchen, das hat sich schon rumgesprochen, aber ein zweiter Verehrer nebenher zum Eifersüchtigmachen kann schließlich nicht schaden.“

„So denke ich nicht.“

„Du genießt es doch, wenn dir die Kerle hinterherlaufen! Dann läßt du sie fallen, und was aus den Frauen, die sich wirklich etwas aus ihnen machen, wird, ist dir egal.“

„Sag mal Tanja, was redest du da überhaupt? Ich sage noch so: *Hoffentlich bekomme ich dann mit Tanja keinen Ärger.* Das war als Scherz gemeint. Nie hätte ich gedacht, daß du tatsächlich eifersüchtig sein könntest. Reg dich ab!“

„Das hast du zu Reinhausen gesagt? Ich fasse es nicht! Was sollte das denn?“

„Es war ein Scherz, verdammt!“

Oh weh, es war wirklich nicht clever gewesen, das Tanja unter die Nase zu reiben.

„Du spinnst doch echt! Scherze auf anderer Leute Kosten! Das werde ich mir merken!“

„Oh Mann, Tanja, du weißt, daß ich keine Hintergedanken habe.“

Es entstand eine Pause.

“Und was hat er zur Antwort gegeben?“

„Nichts. Hat nur verdutzt geguckt und gemeint, er hoffe, daß ich meinerseits keinen Ärger bekomme."

„Da hast du natürlich *nein* gesagt."

„Ich habe gelacht, weil auch das als Scherz gemeint war. Tanja, steigere dich da nicht in etwas rein. Eifersucht schreckt ab."

„Schlaue Ratschläge brauche ich nicht."

„Also gut. Wenn es dich beruhigt, werde ich ihm bei nächster Gelegenheit sagen, er soll Abstand halten."

Als Tanja nicht gleich antwortete, fügte sie spitz hinzu: „Weil du dich sonst ärgerst."

„Das sagst du ihm nicht!"

„Warum denn nicht?" Langsam wurde es Susanna zu dumm. Das Gespräch drehte sich im Kreis. „Also, was soll ich jetzt deiner Meinung nach tun?" fragte sie gereizt.

„Abstand halten!"

Susanna seufzte. „Es liegt nicht an mir. Ich laufe ihm nicht hinterher. Ich kann ihm gerne aus dem Weg gehen, wenn es dich beruhigt, aber versprechen, daß er mir nicht doch begegnet, kann ich dir nicht. Schließlich trage ich die Post aus. Was soll ich deiner Meinung nach machen, wenn er mich morgen wieder anspricht? Die Flucht ergreifen?"

„In die Verlegenheit wirst du wahrscheinlich morgen gar nicht kommen. Er ist nämlich wieder nach Frankfurt gefahren."

„Dann hätten wir das auch geklärt! Bis zu seinem nächsten Besuch."

„Also tu mir den Gefallen, ja? Halt dich zurück."

„Ich habe mich schon immer zurückgehalten, und ich kann dir versichern, daß ich kein Auge auf ihn geworfen habe. So! Und jetzt ist Schluß mit dieser blöden Diskussion!"

Susanna vernahm ein leichtes Schluchzen am anderen Ende der Leitung. Ihr Ärger verwandelte sich zumindest teilweise in Mitleid.

„Hey, was ist denn jetzt los? Heulst du etwa?“

„Du hast einen Freund. Ich bin alleine mit der Kleinen, und mein Mann hat mich verlassen. Ich will auch wieder einmal etwas Schönes erleben. Das habe ich doch auch verdient, oder?“

„Klar, Tanja. Mensch, du machst mich jetzt wirklich fertig. Ich verstehe dich ja, und deshalb kann ich dich guten Gewissens beruhigen. Und wenn es dir so viel bedeutet, ergreife ich wirklich die Flucht, wenn er mir nächstes Mal begegnet.“

Tanja lachte zwischen den Tränen.

„Ok. Dann mach’s gut!“

Tanja legte abrupt auf, und Susanna fühlte sich selbst plötzlich hundeelend.

Das mußte sich ändern! Sie wählte Andrés Praxisdurchwahl und machte sich daran, die zweite Socke zu suchen.

„Praxis Dr. Schmitz, Andrea Gutermann, guten Tag.“

„Hallo! Hier ist Susanna Greiner. Ich hatte die Durchwahl von Herrn Jensen gewählt, aber er hat wohl umgestellt.“

„Der André hat gerade einen Patienten. Deshalb kann er nicht selbst rangehen. Soll ich ihm etwas ausrichten?“

Der An-dré-hé hat gerade eine Patientin, äffte Susanna lautlos nach und schnitt eine Grimasse. Ging das Gezicke jetzt nahtlos weiter? War heute internationaler Zickentag, oder was? Sie ließ sich jedoch nichts anmerken.

„Ja, gerne. Er möchte mich bitte zurückrufen.“

„Hat er die Nummer?“

„Ja, die hat er.“

„Ich lege ihm einen Zettel hin.“

„Das ist nett. Tschö."

Susanna tippte auf die rote Auflegetaste.

„Grrr."

Die zweite Socke hatte sie mittlerweile gefunden und auch schon halb über den Fuß gezogen, da klingelte bereits ihr Telefon. Das ging aber schnell! Gleich würde es ihr besser gehen! Erfreut drückte sie die grüne Taste.

„Hallöchen! Susanna Greiner!" flötete sie.

„Hallo Susannchen, ich bin's."

„Ahhh! Hallo Mutti."

„Was ist denn mit dir, Kind?"

„Nichts, schon gut. Wie geht's dir denn, Mutti?"

„Mir geht's gut, aber mit deinen Bienen stimmt etwas nicht."

„Wieso?"

„Du mußt sofort in den Garten kommen. Eines der Völker schwärmt aus."

„Was? Das darf doch nicht wahr sein! Ich hatte doch vor ein paar Tagen erst nachgeschaut! Na ja, ich komme sofort. Bist du dort?"

„Ja, ich rufe vom Handy aus an."

„Alles klar. Danke dir. Bis gleich."

Susanna legte enttäuscht auf. Eine neue Königin war geschlüpft. Das bedeutete, daß sie bei ihrer Kontrolle äußerst unkonzentriert gewesen war und sie übersehen hatte.

Schnell suchte sie sich ein langärmliges Shirt und eine Jeans aus dem Schrank und schlüpfte hinein. Dann stellte sie die Umleitung des Telefons ein und eilte zur Tür hinaus.

Auf halbem Weg in den Garten meldete sich das Handy. Susanna drehte HIM, die gerade im Autoradio *Join Me* zum besten gaben, den Sound weg und ging während der Fahrt ran.

„Susanna Greiner. Hallo!“

„Hier ist André!“

„Ha, was bin ich erleichtert! Vieeelen Dank für deinen Rückruf!“

„Was ist denn mit dir los?“ lachte André.

„Du bist der erste normale Mensch, den ich heute in der Leitung habe! Das hoffe ich zumindest.“

„Ich denke schon. Freut mich übrigens, daß du dich freust. Was war denn los?“

„Ach, heute zicken alle nur rum. Aber egal. Jetzt habe ich ein Problem an der Backe.“

„Kann ich helfen?“

Susanna mußte lachen. „Du? Das glaube ich kaum. Wahrscheinlich müßte ich mich mehr um dich kümmern, als daß du mir helfen würdest.“

„Na hör mal, du traust mir wohl nicht allzuviel zu, wie? Aber sag erst mal, welches Problem du hast.“

„Meine Bienen schwärmen aus. Meine Mutter hat gerade einen Notruf abgegeben.“

„Aha. Und was heißt das?“

„Das bedeutet, daß in einem Volk eine neue Königin herangewachsen ist und die alte sich jetzt mit dem Großteil des Volkes aus dem Staub macht, um irgendwo als eigenes Volk weiterzuleben.“

„Ja, wo denn?“

Susanna lachte bitter. „Wenn ich das wüßte! Da sie ja keinen Kasten haben, hängen sie sich irgendwo in einen Baum oder sonstwo hin. Die Nachbarn werden sich freuen!“

„Oha. Und was machst du jetzt?“

„Zuerst muß ich versuchen, sie einzufangen. Zum Glück habe ich noch einen Kasten mit allem Drum und Dran in Reserve. Da setze ich sie dann rein. Zumindest habe ich das vor.“

„Klingt kompliziert!“

„Kann sein. Ich habe so etwas auch noch nicht gemacht. Aber wir müssen das jetzt nicht am Handy besprechen, André.“

„Ok. Ich komme.“

„Nee, du. Das ist lieb von dir, aber du kannst mir bestimmt nicht helfen. Am Ende wirst du noch gestochen.“

„Hey, ich bin Arzt, hast du das vergessen?“

„Nein. Deshalb bist du auch jetzt in der Praxis und kümmerst dich um deine Patienten.“

„Ach was! Ich diktiere hier gerade einen Bericht. Wir sind für heute fertig, wenn nichts mehr dazwischen kommt.“

„Aha! Und wann ist dein letzter Patient gegangen?“

„Schon vor mindestens einer Stunde.“

„Ach, sieh mal einer an!“

„Was soll das heißen?“

„Vor zehn Minuten hieß es, du hättest einen Patienten.“

„Nö. Ich hatte nur das Telefon umgestellt. Warum hattest du eigentlich angerufen?“

„Nur so, zur geistigen Erbauung. Ich wollte mit jemandem reden, der nicht rumzickt. Aber leider hatte ich Andrea an der Strippe.“

„Also, ich komme. Keine Widerrede.“

Susanna stöhnte. „Na gut. Weißt du, wo unser Garten ist?“

„Nein.“

Susanna erklärte es ihm.

„Ich bin so gut wie fertig und unterwegs. Vorsichtshalber bringe ich gleich eine Spritze mit. Und warte auf mich!“

„Wenn die Bienen auf mich warten“, seufzte Susanna und legte auf, als sie bereits am Garten vorfuhr.

„Hallo, Mutti!“

„Hallo, Susannchen. Grüß dich, Kind.“

„Wo sind sie denn?“

„Da hängen sie, in der Fichte.“

Susannas Mutter deutete auf einen Baum am anderen Ende des Gartens. Tatsächlich! Dort hing der Schwarm!

„Mensch, da habe ich ja mehr Glück als Verstand! In der Höhe komme ich ganz gut ran.“

„Du machst dir aber auch eine Arbeit!“ Die Mutter schüttelte den Kopf.

„Laß mich doch!“

„Was hast du jetzt vor?“

„Ich fange sie und setze sie in den Ersatzkasten, den ich von Onkel Hans bekommen habe.“ Susanna seufzte. „Das bedeutet aber auch leider, daß ich nun, da aus einem Volk zwei geworden sind, in diesem Jahr mit einer mageren Honigernte rechnen muß.“

„Die ganze Arbeit umsonst!“

„Danke für den netten Zuspruch!“ meinte Susanna sarkastisch. „Sag mal, ist heute Föhn, oder was? Drückt’s heute jedem auf die Hirnrinde?“

„Wie redest du denn mit mir? Nächstes Mal lasse ich deine Bienen fliegen. Dann sind sie eben fort. Bevor ich mich von dir auch noch anschnauzen lasse!“

„Entschuldige. Aber heute nervt mich Gott und die Welt. Und du machst mir auch nicht gerade Mut. Ich habe das mit der neuen Königin halt nicht bemerkt. Herrje. Ich bin doch schließlich kein Profi.“

„Aber jetzt willst du dich ans Einfangen begeben!“

Susanna ließ ihre Mutter stehen und verschwand im Gartenhäuschen, um den Hut mit Schleier und die Handschuhe zu holen. Zudem griff sie sich einen Eimer.

Als sie herauskam, fuhr gerade ein Wagen vor. Ihre Mutter schaute interessiert.

„Hallo! Ich habe Verstärkung mitgebracht.“

In Andrés Schlepptau befand sich Berndi.

Der nickte. „Guten!“

„Hallo, Berndi. Na, auch Feierabend?“

„Klar.“

„Mutti, das ist übrigens André Jensen. André, das ist meine Mutter“, stellte Susanna vor.

„Wir kennen uns doch schon aus der Praxis!“ bemerkte die Mutter. „Die Hand gebe ich Ihnen besser nicht.“ Zur Erklärung hob sie die schmutzigen Finger.

André nickte. „Hallo.“

„Bist du krank, Mutti?“

„Nee, ich hatte mir kürzlich nur Blut abnehmen lassen. Das mache ich einmal im Jahr. Weißt du doch.“

„Ja, jetzt leg mal los. Ich bin gespannt“, forderte Berndi Susanna auf.

„Ich mache es jetzt mal so, wie ich es bei Onkel Hans gesehen habe. Ich habe nämlich Glück: Der Schwarm mit der alten Königin hängt in der Fichte da hinten und zwar so tief, daß ich gut rankomme."

Sie ging hinüber. Vorsichtig hielt sie den Eimer direkt unter den Schwarm und schlug mit der freien Hand auf den Ast, an dem er hing. Plumps fielen die Bienen in den Eimer.

„Klasse!" begeisterte sich André. „Und jetzt?"

„Jetzt müssen wir warten, was passiert."

Sie postierten sich in einigem Abstand und verfolgten das Geschehen. Nach einer Viertelstunde zeigte sich, daß die Bienen, die noch im Baum verblieben waren, auch in den Eimer liefen oder flogen.

„Bingo!" rief Susanna. „Das bedeutet, daß die Königin dort drinnen sitzt, also daß sie mit in den Eimer gefallen ist." Zufrieden nickte sie. „Jetzt geht die Arbeit weiter. Dieses Volk setze ich in einen anderen Kasten, den ich Gott sei Dank noch habe."

„Dann hast du ja jetzt ein Volk mehr!" stellte André fest.

„Genau. Aber das der neuen Königin, welches im ursprünglichen Kasten geblieben ist, ist noch ziemlich klein und schwach. Mit der Honigausbeute wird es also nicht so rosig aussehen wie erhofft."

10. Tag

Lisbethchen saß mit ihrer gepackten Tasche auf der Bettkante und wartete auf den Arzt, der sie noch einmal sprechen wollte, bevor sie endgültig entlassen wurde. Lisbethchen war kein Fall fürs Krankenhaus. Sie hätte jemanden gebraucht, der auf sie aufpaßte. Doch sie weigerte sich, in ein Seniorenheim zu gehen. Solange sie noch klar im Kopf war, selbst kochen und sich den Haushalt versorgen konnte, sah sie nicht ein, ihr Haus aufzugeben. Sie war immer ihr eigener Herr gewesen, alleine war sie während des Krieges nach Badhausen gekommen, weil man sie zu Hause in Kassel ausgebombt hatte. Damals war sie bei dem alten Ehepaar Schmidt untergekommen, bei dem sie ohne jegliche Erfahrung in der Landwirtschaft hatte mit anpacken müssen. Aber sie hatte es irgendwie geschafft und war sogar geblieben. Im selben Haus, das später um- und ausgebaut worden war. Die alten Leute hatten sie wie ihre eigene Tochter angesehen. Sie selbst hatten einen Sohn, aber der war nie von der Front zurückgekehrt. Nach Lisbethchens Heirat mit Ernst hatten sie zu viert im Haus gewohnt, später, als Heinz, Holgers Vater, auf die Welt gekommen war, sogar zu fünft. Das Glück war nicht von langer Dauer gewesen. Ernst war sehr bald an einer Lungenentzündung gestorben. Heute ein Kinderspiel, doch damals ...! Da hatte sie gestanden mit einem Kind, hatte arbeiten und Geld verdienen müssen. Wie froh war sie gewesen, nicht alleine zu sein, Heinz in sicherer Obhut bei den Schmidts zu wissen!

Heinz lebte auch nicht mehr. Sie hatte ihn überlebt. Bei einem Autounfall war er ums Leben gekommen. Wenn eine Mutter ihr Kind überlebte, war das besonders tragisch.

Heinz' Heirat mit Margarete war von vornherein ein Fehler gewesen, fand Lisbethchen. Nie war sie warm geworden mit dieser Frau, hatte versucht, Heinz aus ihrer Sicht zur Vernunft zu bringen, aber der hatte sich jede Einmischung verbeten. Aus der Ehe war nur ein Sohn hervorgegangen: Holger. Und mit dem war nun wirklich gar nichts los! Hoffentlich würde er sie in Zukunft in Ruhe lassen. So schrecklich hatte sie sich aufgeregt bei seinem Besuch! Sie hatte kein Geld! Wieder und wieder hatte sie es beteuern müssen, bevor Holger es endlich geglaubt hatte. Warum sie nicht auf seinen Einschreibebrief geantwortet hatte, war seine wiederholte Frage gewesen. Wo doch die Dringlichkeit der Angelegenheit offensichtlich gewesen wäre! Ob sie wolle, daß er in Schwierigkeiten kam? So was! Noch nicht einmal davor, ihr ein schlechtes Gewissen einreden zu wollen, schreckte dieser Mensch zurück. Womit hatte sie einen solchen Enkel verdient? Ihn plagte offenbar kein schlechtes Gewissen!

Mit ein paar lieblosen Blümchen war er aufgetaucht, um sich einzuschmeicheln. Als ob er sie mit so etwas beeindrucken konnte! Er dachte wohl, alle alten Damen wären sentimental und so einsam, daß sie alles taten, wenn man sie nur besuchte. Sie war nie eine von den naiven Frauen gewesen, die sich von ihrer gierigen, faulen Verwandtschaft ausnutzen ließen. Wenn Holger Geld wollte, sollte er es mit Arbeit versuchen. Familiensinn schön und gut. Aber Lisbethchen konnte man nicht so leicht einwickeln. Bevor sie sich für dumm verkaufen ließ, würde sie ihr Geld der Kirche vermachen oder der lieben Gisela Schneeberger, die sich um sie kümmerte, obwohl es nicht ihre Pflicht war.

Lisbethchen hatte sich so über Holger aufgeregt, daß ihr wieder schlecht geworden und sie auf dem Hof zusammengebrochen war, nachdem er endlich das Haus verlassen hatte. Diesmal hatte sie sich Verletzungen zugezogen und war ins Krankenhaus gekommen. Unter keinen Umständen durfte so etwas noch einmal passieren!

Holger war nicht ein einziges Mal im Krankenhaus gewesen, um sie zu besuchen. Klar: im Krankenhaus war kein Geld zu holen.

Plötzlich erschrak Lisbethchen. Was, wenn Holger sich dafür einsetzte, daß sie in ein Seniorenheim kam, um so leichter an ihre Sachen heranzukommen? Konnte er das überhaupt? Durfte so etwas sein? Wie war es mit Margarete, der Schwiegertochter? Durfte sie sich einmischen? Lisbethchen überlegte, wann sie Margarete zum letzten Mal getroffen hatte. Es war kurz bevor sie nach Mallorca gezogen war. Ja, jetzt fiel es ihr wieder ein: Margarete hatte ihr geholfen, den Speicher auszumisten. Eigentlich war es sogar so, daß es Margaretes Idee gewesen war, die Möbel zu verkaufen. Sie würde das alte Gerümpel doch ohnehin nicht mehr brauchen, hatte sie argumentiert. Es gäbe einen Trödler in Frankfurt, der kaufe alles komplett auf und transportiere es ab. Lisbethchen würde sich um nichts kümmern müssen. Nichts schleppen, nichts zum Sperrmüll bringen. Und sogar ein bißchen Geld würde sie noch dafür bekommen.

Tatsächlich hatte der Mann mit seinem Mitarbeiter ihr noch einen 50-Euro-Schein dagelassen, nachdem er den Speicher sauber ausgeräumt hatte.

Lisbethchen vermißte Margarete nicht und würde es wohl auch nie tun. Holger konnte ihr auch gestohlen bleiben. Sie hoffte nur, daß sie sich immer würde wehren können, wenn er ihr in Zukunft auf die Pelle rückte.

Die Sache mit dem Hühnerkopf beunruhigte sie enorm. Wer wollte sie ängstigen, und was wollte derjenige? Noch hatte er keine Forderungen gestellt. Aber es konnte doch nur um Geld gehen! Ob es Holger war, der es auf zwei Fronten versuchte? Sie einerseits auf die weiche Tour einlullte, und, da er merkte, daß er nicht so schnell vorankam, parallel die harte Tour fuhr? Vielleicht wollte er mit seinem unverhohlenen Gebettel von seinem anonymen Brief ablenken? Aber traute sie Holger wirklich zu, so weit zu denken? Und wie hätte er die Sache von damals überhaupt herausfinden sollen? Lisbethchen war skeptisch.

Zum ersten Mal seit so vielen Jahren wünschte sie sich, daß sie damals, danach, weggezogen wäre. Sie hätte sich viel Herzensleid erspart und das Risiko, daß alles nun doch herauskommen würde, wäre bei größerem Abstand leichter zu ertragen gewesen. Wenn sie überhaupt in die jetzige Situation geraten wäre. Aber nun war es zu spät. Sie konnte nur die Luft anhalten und hoffen, daß sie irgendwie durchhalten würde.

Lisbethchen schaute auf ihre Armbanduhr. Wann kam der Arzt denn endlich? Sobald er dagewesen war, wollte sie Gisela anrufen, die sich bereit erklärt hatte, sie abzuholen. Was für eine Schande! Daß sie auf die nette Nachbarschaft angewiesen war, während sie sich auf die eigene Familie nicht verlassen konnte!

So saß Lisbethchen auf der Bettkante und wartete.

Und in diesem Moment fiel ihr etwas ein. So heiß, daß es ihr auf der Stelle wieder schwummrig wurde. Schnell legte sie sich flach aufs Bett. Jetzt nur nicht aufregen und nur nicht wieder schlappmachen! Lisbethchen atmete langsam ein und aus. Wenn der Arzt gleich käme und ihr Herz raste, würde er sie vielleicht nicht gehen lassen. Und das durfte auf keinen Fall passieren, denn sie mußte unbedingt nach Hause, um sich zu vergewissern!

Tanja stand hinter dem Küchenfenster, als Susanna in den Hof einbog, an dem das Haus lag. Ihre Blicke trafen sich. Tanja konzentrierte sich wieder auf das, was sie gerade tat. Kochen, wie Susanna mutmaßte. Susanna blieb stehen und wartete, bis Tanjas Blick sie wieder traf. Dann winkte sie in ihre Richtung.

„Komm mal raus!“ Sie formte die Worte lautlos mit den Lippen.

Tanja wischte sich die Hände ab. Kurz darauf erschien sie an der Tür.

„Morgen.“

„Hallo, Tanja. Hast du dich wieder beruhigt?“

„Ja.“

„Also hör mal. Du brauchst wirklich nicht eingeschnappt zu sein. Wenn jemand Grund dazu hätte, dann bin ich das ja wohl. Da denke ich an nichts Böses, und schwupps beschuldigst du mich, dir den Kerl auszuspannen, nur weil der beim Postaustragen mit mir schwätzt.“

„Ich wußte halt nicht, ob du’s extra machst.“

„Erstens hat er sich mir angeschlossen und nicht umgekehrt, und zweitens: warum sollte ich dich ärgern wollen? Für wen hältst du mich? Glaubst du, daß ich grundsätzlich den Hals nicht voll kriegen kann?“

Tanja schüttelte den Kopf.

„Na also. Siehst du. So, und wenn du schon mal hier stehst, kann ich dir auch deine Post geben.“

Sie drückte Tanja zwei kleine Umschläge in die Hand, lächelte ihr aufmunternd zu und verabschiedete sich.

Zu Hause angekommen, hatte Lisbethchen es eilig, Gisela Schneeberger loszuwerden.

„Ich komme schon zurecht, Gisela. Du weißt, daß ich mich immer freue, wenn du bei mir bist, aber ich habe schon ein ganz schlechtes Gewissen, daß ich dir so viel Zeit stehle. Geh ruhig wieder heim!“

Gisela zögerte.

„Na, nun geh schon!“

Schließlich nickte Gisela und verabschiedete sich.

Lisbethchen ging ins Wohnzimmer und lüftete. Sie öffnete auch das Küchenfenster und setzte sich einen Augenblick auf ihren Stuhl, um Kraft zu sammeln. Dann holte sie tief Luft und machte sich auf den Weg zum Speicher.

Aus dem ersten Stock führte nur eine ganz schmale Treppe hinauf unters Dach. Hier war Lisbethchen seit langem nicht mehr gewesen. Aber heute war es notwendig. Sie mußte Gewißheit haben.

Sie drehte den großen Schlüssel, der im Schloß steckte, um. Die alte Holztür ging nach außen auf, und Lisbethchen mußte einige Stufen nach unten steigen, um sie öffnen zu können. Jetzt nur nicht aufregen! Noch einmal holte sie tief Luft, bevor sie den Dachboden betrat.

Suchend schaute sie sich um, aber es gab nicht viel zu sehen. Der große Raum war nahezu leer. Der Händler aus Frankfurt hatte die Möbel und alle anderen verwertbaren Gegenstände mitgenommen. Ein paar Tapetenreste und einzelne Fliesen lagen in der hinteren rechten Ecke. Die hatte sie aufgehoben für den Fall, daß einmal etwas ausgebessert werden mußte. Ebenso ein Stück Teppich. Ein rostiges Ofenrohr stand auch noch herum. Die alte Öllampe war ebenfalls noch da und hing, wie seit Jahrzehnten, an einem Balken.

Damals hatte Lisbethchen sich nicht einmal richtig darum gekümmert, was alles hinausgeschleppt worden war. Hauptsache weg damit. Sie hätte nicht gedacht, daß etwas dabei gewesen sein könnte, für das sie sich noch einmal interessieren würde.

Und sie hatte damals auch nicht daran gedacht, daß sie in dem alten, schönen Schreibkästchen mit den vielen winzigen Schubladen die Briefe an Heinrich versteckt hatte. Die Briefe, die sie ihm hatte zustecken wollen, es aber nie getan hatte. Warum sie sie aus Sentimentalität nicht hatte wegwerfen können, konnte sie heute nicht mehr sagen. Und dann waren sie eines Tages einfach in Vergessenheit geraten. Sie hatte nach vorne schauen und sich dem Alltag stellen müssen, der ihr ihre ganze Konzentration und Kraft abverlangte. Damit, daß sich ihre Sentimentalität nach so vielen Jahren rächen könnte, hätte sie nie gerechnet. Aber nun war es zu spät. Die Briefe konnten Gott weiß wo gelandet sein! Der Händler hatte das Kästchen sicherlich weiterverkauft. Lisbethchen überlegte, ob noch mehr persönliche Sachen darin gewesen sein konnten. Vielleicht ein paar alte Fotos? Gott, wie unangenehm! Warum hatte sie damals Margarete nicht besser auf die Finger geschaut? Wenn nun das Kästchen auf einem Flohmarkt gelandet war, hatten es vielleicht schon -zig Leute durchwühlt! Lisbethchen schüttelte den Kopf über ihre eigene Nachlässigkeit.

Oder hatte der Händler etwa selbst die Briefe an sich genommen? Vielleicht hatte er sie erst jetzt zufällig gefunden?

Oder einer seiner Mitarbeiter? Noch nicht einmal den Namen des Händlers oder seiner Firma kannte sie. Und Margarete auf Mallorca anrufen wollte sie auch nicht. Sie war froh, daß der Kontakt so gut wie abgebrochen war.

Plötzlich schellte es an der Tür. Lisbethchen erschrak, versuchte aber sofort, sich zu beruhigen. Wer konnte das denn sein? Die kleine Katharina war doch um diese Zeit meist noch in der Schule. Wenn es nur nicht Holger war! Andererseits war die Zeit genau richtig für die Postfrau. Lisbethchen ging zum Dachfenster und rief: „Ich komme. Einen Moment!"

Sie vergaß nicht, den Speicher wieder abzuschließen und eilte so schnell wie möglich die Treppen hinunter. Im ersten Stock ermahnte sie sich, langsamer zu gehen. Schließlich war sie gerade erst aus dem Krankenhaus entlassen worden.

Als sie unten ankam, schnaufte sie trotzdem.

Gerade wollte sie die Tür aufmachen, da besann sie sich eines Besseren. Eine Sprechanlage hatte sie leider nicht, daher rief sie hinter der geschlossenen Tür: „Wer ist denn da?"

„Post!"

Oh weh! Lisbethchen öffnete, halb erleichtert, daß es nicht Holger war, und halb ängstlich, weil sie einen weiteren unangenehmen Brief befürchtete.

„Guten Tag, Frau Weinbrenner. Das Küchenfenster war auf, da dachte ich mir gleich, daß sie wieder zu Hause sind. Wie geht es Ihnen denn?"

„Gut, Kind. Ich bin erst vor ein paar Minuten gekommen."

„Und was haben die Ärzte gesagt?"

„Nichts. Ich war halt erschöpft." Lisbethchen winkte ab.

„Da müssen Sie langsamer tun."

„Ja, ja, ich weiß."

„Ich habe wieder etwas, was schlecht durch den Schlitz paßt. Einen Prospekt."

„Ach ja?"

„Während Sie im Krankenhaus waren, habe ich auch etwas durch den Schlitz geworfen, haben Sie es gesehen?"

„Ach, da habe ich noch gar net nachgeschaut!"

Lisbethchen blickte sich suchend um. „Die Gisela wird die Sachen schon drinnen hingelegt haben."

Susanna nickte. „Dann machen Sie's gut, und passen Sie auf sich auf!" Sie eilte die Treppe nach unten und lief hinüber zu den Schneebergers.

Gisela machte sofort die Tür auf, als sie klingelte, und winkte sie herein.

„Lisbethchen wird wohl gleich nach der Post sehen."

„Ob das gut ist? Ich habe sie eben erst aus dem Krankenhaus geholt."

„Als ich klingelte, war sie auf dem Speicher."

„Auf dem Speicher?" fragte Gisela ungläubig.

„Ja. Sie hat oben aus dem Fenster gerufen, und ich mußte warten, bis sie herunterkam."

Gisela schaute Susanna fragend an. „Das erste, was sie macht, wenn sie nach Hause kommt, ist auf den Speicher zu klettern?"

Susanna zuckte mit den Schultern. „Du hast doch gesagt, daß sie das Dach hat ausbessern lassen. Vielleicht wollte sie nachschauen, ob es auch wirklich dicht ist."

„Hm", machte Gisela skeptisch.

„Was tun wir jetzt?“ wollte Susanna wissen. „Ich kann nicht ewig hier warten.“

„Ich rufe dich auf dem Handy an, wenn etwas ist. Gib mir mal deine Nummer.“

„Hast du was zum Schreiben?“

„Komm in die Küche“, forderte Gisela sie auf.

Susanna beobachtete durch das Fenster Lisbethchens Haus, während Gisela in einer Schublade nach Zettel und Stift suchte.

„Hey!“ rief Susanna plötzlich, und Gisela schnellte herum. „Herrenbesuch!“

„Herrenbesuch?“ Gisela trat neben sie. „Das ist Heinrich! Ich werde verrückt! Heinrich Becker! Ich wohne jetzt schon seit über zehn Jahren hier, aber noch nie hat Lisbethchen Besuch von Heinrich bekommen!“

„Denk an den Brief!“

Gisela nickte. „Ich tue nichts anderes.“

Gespannt beobachteten sie, wie Lisbethchen Heinrich hineinließ. Bevor er im Haus verschwand, schaute er sich vorsichtig um. Gisela und Susanna traten schnell einen Schritt vom Fenster zurück.

Lisbethchen war völlig verblüfft. Noch nie hatte Heinrich ihr Haus betreten. Er trug einen Weidenkorb in der Hand.

„Ich muß mit dir reden“, sagte er nur und stand ungelenk in der Diele.

„Ich auch mit dir“, erwiderte Lisbethchen kleinlaut und fragte sich, wie sie ihm wohl am besten ihre Unachtsamkeit beichten sollte.

„Frieda hat dich bei Gisela im Auto gesehen“, erklärte er.

Lisbethchen wunderte sich, daß Frieda nicht gleich angerufen hatte. Wenn sie sich nicht telefonisch meldete, bedeutete dies höchstwahrscheinlich, daß sie selbst vorbeikommen wollte. Das fehlte gerade noch!

„Wie geht es dir denn?“

„Gut.“

„Was haben die Ärzte gesagt?“

„Ich muß halt einfach ein bißchen langsamer tun. Komm doch ins Wohnzimmer.“

Lisbethchen ging voran.

„Setz dich.“ Sie deutete auf ihre alte, rote Couch.

Er stellte den Korb auf den Tisch und nahm Platz. Lisbethchen schaute ihn fragend an.

„Den Korb habe ich mehr oder weniger zur Tarnung dabei. Ich will dir ein paar frische Eier abkaufen. Wie du weißt, haben wir keine Hühner mehr.“

Lisbethchen nickte. „Ich gebe dir nachher welche.“

Sie machte das Fenster zu und setzte sich ihm gegenüber in einen der Polstersessel.

„Ich will mich gar net lange aufhalten“, erklärte Heinrich, der sich sichtbar unwohl in seiner Haut fühlte. Er nahm nicht einmal den Hut ab. „Ich lasse das Minchen net gerne alleine zu Hause.“

Lisbethchen nickte.

„Um es kurz zu machen ...“ Heinrich holte tief Luft. „Ich wollte dich fragen, ob bei dir in letzter Zeit auch einige komische Dinge passiert sind.“

Lisbethchen nickte.

„Was war es bei dir?“

„Ich habe einen Brief bekommen.“

Als Lisbethchen nicht gleich weitersprach, fragte Heinrich: „Und? Was stand drin?“

Lisbethchen zögerte. Dann sagte sie:

„*Willst Du, daß auch einer an Frieda geht?*“

„Einer? Was heißt *einer*?“ fragte Heinrich verständnislos.

„Es war noch etwas drin in dem Briefumschlag.“

„Sag schon!“

„Ein Hühnerkopf.“

Heinrich starrte sie ungläubig an. „Das darf doch net wahr sein! Es fehlten tatsächlich zwei Köpfe. Weißt du, ob Frieda den anderen bekommen hat?“

Lisbethchen schüttelte den Kopf. „Ich glaube net, Heinrich.“

Der Name kam ihr schwer über die Lippen. Wie viele Jahre hatte sie Heinrich nicht direkt angesprochen?

„Ich glaube es net, weil sie sonst schon längst irgendeine Bemerkung hätte fallen lassen. Du kennst sie ja!“

Heinrich nickte.

„Warum hast du mir net gleich davon erzählt?“

Lisbethchen zuckte mit den Schultern. „Ich war unsicher, wollte erst überlegen. “

Heinrich runzelte die Stirn. Hatte sie etwa ihn verdächtigt?

„Sonst noch etwas?“

Lisbethchen schüttelte den Kopf. „Die Post, die ich bekommen habe, während ich im Krankenhaus war, wollte ich gerade aufmachen, als du kamst. Ich schaue gleich nach. Aber sag du mir erst, was du bekommen hast!“

„Wo der Hühnerkopf herkam, weißt du ja. Der gehörte einem meiner armen Tiere.“

Heinrich preßte wütend die Lippen aufeinander.

„Vor einiger Zeit hatte ich noch eine tote Maus im Briefkasten. Und dabei lag ein Zettel:

Bis jetzt ist keiner dahinter gekommen. Ob es so bleibt, entscheidest Du!

Was für ein Glück, daß Minchen net mehr den Kasten leert!"

Wie sehr er doch an Minchen dachte, bemerkte Lisbethchen. Laut sagte sie: „Das muß er gewußt haben. Der, der die Maus und den Zettel hineingesteckt hat, meinst du net?"

Heinrich nickte und fuhr fort. „Dann hatte ich noch eine Karte. Auf der stand:

Bist Du soweit? Dann halte Dich bereit! Lisbeth ist ja leider nicht da."

„Auch, daß ich im Krankenhaus war, hat er gewußt! ... Heinrich ..."

„Ja?"

„Ich muß dir was sagen."

„Ja?"

„Ich bin schuld."

„Wie meinst du das? Hast du jemandem von ... von uns erzählt?"

Lisbethchen schüttelte den Kopf. „Das net."

„Aber?"

„Ich hatte Briefe auf dem Speicher. Die habe ich dir damals zustecken wollen, habe es aber nie fertiggebracht."

„Damals? Du hast die Briefe so lange aufgehoben?"

Lisbethchen zuckte mit den Schultern. „Na ja, später habe ich sie einfach vergessen."

„Und was stand drin?"

„Das weiß ich natürlich net mehr genau, aber ..."

„Aber?“

„Ich fürchte, da standen unsere Namen drin.“

„Deiner und meiner?“

„Ja, natürlich. Die Vornamen. Und vielleicht noch die von Minchen und Frieda.“

„Frieda?“ rief Heinrich entsetzt.

Lisbethchen nickte verschämt und knetete ihre Hände. Ihr Herz raste wieder, aber das wollte sie nicht zeigen.

„Von dem, was im Wald passiert war, habe ich natürlich nichts geschrieben!“

„Bist du sicher?“

Lisbethchen nickte, obwohl sie sich mittlerweile wegen gar nichts mehr sicher war.

„Und was meinst du mit du *hattest* Briefe auf dem Speicher? Sind sie weg, oder was?“

„Ja. Vor längerer Zeit hat Margarete, das war Heinz’ Frau, für mich den Speicher entrümpelt, alte Sachen weggeworfen und die Möbel an einen Händler aus Frankfurt verscherbelt. Der hat alles abgeholt.“

„An einen Händler aus Frankfurt?“ rief Heinrich alarmiert?

„Ja, so einen, der alte Sachen wieder herrichtet und verkauft. Wer weiß, wo die Briefe hingekommen sind!“

„Ja, hast du denn nichts von dem Kerl mitbekommen, der sich hier herumtreibt? So lange warst du doch gar net im Krankenhaus.“

„Wer? Wen meinst du?“

„Na, dieser Antiquitätenhändler aus Frankfurt!“

Lisbethchen griff sich ans Herz. Heinrich sprang erschrocken auf.

„Lisbethchen, soll ich den Doktor rufen?“

Sie winkte schnell ab und versuchte, sich in den Griff zu bekommen.

„Nein, nein. Ist schon gut. Ich war nur erschrocken.“

Heinrich setzte sich zögernd wieder.

„Was ist das denn für ein Antiquitätenhändler, Heinrich?“

„Du hast doch auch schon diesen Mann gesehen, der hier öfters herumspaziert. Um die vierzig, gut angezogen.“

„Und der ist aus Frankfurt?“ Lisbethchen legte die Stirn in Falten.

„Was überlegst du?“

„Ob das der ist, der damals meine Möbel geholt hat. Ich habe mich gar net richtig darum gekümmert. Das hat alles die Margarete gemacht.“

„Und was ist mit deiner Schwiegertochter?“

Lisbethchen winkte ab. „Die lebt doch jetzt auf Mallorca.“

„Was macht sie denn da?“

„Da wohnt sie mit ihrem neuen Mann. Aber wir haben keinen Kontakt. Was machen wir jetzt, Heinrich? Was will der Kerl?“

„Noch hat er nichts gefordert, aber ich gehe einmal davon aus, daß er Geld will.“

„Weißt du, anfangs dachte ich, es sei Holger gewesen, mein Enkel. Aber nun bin ich mir gar net mehr so sicher. Holger bettelt ganz direkt. Er würde ja wohl net gleichzeitig betteln und anonyme Briefe schreiben, oder?“

„Vielleicht ist er schlau?“

Lisbethchen zuckte mit den Schultern. „Das glaube ich net.“

Einen Augenblick saßen sie sich stumm gegenüber und überlegten.

Dann fragte Heinrich: „Hattest du in deinen Briefen etwas von Geld geschrieben?“

„Ich weiß es net mehr genau. Auf jeden Fall war ich net so dumm und habe Friedas Mann im Zusammenhang mit Geld genannt.“

Heinrich blieb mißtrauisch. Wenn sie sich nicht mehr wegen des Wortlautes sicher war, konnte sie auch das nicht mehr genau wissen.

Lisbethchen fiel wieder die Post ein.

„Bleib noch einen Augenblick hier, Heinrich. Ich habe doch die Post noch net aufgemacht, die gekommen ist, während ich im Krankenhaus war. Vielleicht ist ja was Wichtiges drin. Ich bin so aufgeregt!“

Heinrich nickte und schaute auf die alte Pendeluhr an der Wand, während Lisbethchen aufstand, um die Post zu holen.

Als sie mit den Briefen zurückkam, rückte sie den Sessel näher an den Wohnzimmertisch heran und begann, sie zu sortieren.

„Der Prospekt von heute. *Seniorenreisen* – der kann gleich in den Müll.“ Lisbethchen legte ihn zur Seite. „Ein Brief vom Dachdecker Bankhell. Da ist bestimmt die Rechnung für die kaputten Ziegel drin. Den mache ich nachher auf.“ Sie legte ihn neben den Prospekt. „Was ist das?“ Sie hielt den nächsten Umschlag hoch. „Telekom. Auch eine Rechnung.“ Sie wanderte zur Dachdeckerrechnung. „Und das hier?“ Eine gelbe Karte mit schwarzer Schrift: „Bei Vorlage dieses Coupons erhalten Sie eine Preisreduzierung von 5 € auf einmal Strähnchen färben. Salon Hair Fair“, las Lisbethchen laut vor, wobei sie den Namen des Salons wie „Heier Feier“ aussprach. „Was will ich mit Strähnchen? Weg damit. Ein Katalog über Seniorenartikel. Der kommt auch gleich weg. Und was ist das hier?“ Sie hielt einen kleinen wattierten Umschlag in den Händen. „Kein Absender! Mir wird ganz schlecht, Heinrich.“

„Komm, gib her!“ forderte der sie auf und riß ihr den Umschlag aus der Hand. Heinrich zerrte an der Lasche. Der Umschlag ließ sich erstaunlich leicht öffnen. Drinnen lag eine Karte und ein zusammengefaltetes Stück Papier. Er zog beides heraus. Die Karte hatte in der Mitte einen leuchtend gelben Punkt.

„Genauso sah die Karte aus, die ich bekommen habe!“ rief er. „Auf der hier steht drauf:

Ich denke, Du weißt Bescheid. Ich komme auf Dich zu!“

Lisbethchen starrte Heinrich mit großen Augen an. „Was heißt das: Er kommt auf mich zu?“

„Das weiß ich auch net, Lisbethchen. Wir werden es früh genug erfahren, nehme ich an. Hier ist noch ein Zettel.“ Er faltete ihn auseinander und las leise:

„Lieber Heinrich,

Du brichst mir das Herz. Überlege es Dir doch noch einmal. Ich brauche das Geld, und was passiert ist, können wir nicht mehr ändern. Aber wir beiden könnten doch wegziehen. Weg aus Badhausen und weg von Frieda. Deine Lisbeth.“

Einen Moment lang schaute er Lisbethchen stumm an und fragte sich, ob sie damals genauso traurig gewesen war wie er, eben nur auf andere Weise. Doch für solche Gedanken hatte er jetzt keine Zeit, und außerdem war es zu spät nach all den vielen Jahren.

„War das einer der Briefe, die du auf dem Speicher hattest liegen lassen?“ fragte er statt dessen und reichte Lisbethchen den Zettel hinüber.

Auch Lisbethchen las. Ihr kamen die Tränen. Sie nickte. „Der ist ja noch gar net vergilbt!“

„Das ist doch eine Kopie! Das Original hat er behalten.“

„Ach so.“ Die Tränen kullerten jetzt noch mehr.

„Lisbethchen, reiß dich zusammen. Oder willst du, daß alles herauskommt?“

Lisbethchen schüttelte den Kopf und zog die Nase hoch.

„Mir ist ja mittlerweile alles egal. Aber ich muß an Minchen denken.“

Lisbethchen nickte, während ihr die Tränen weiter die Wangen herabliefen.

„Wann ist denn der Brief abgestempelt worden?“ wollte Heinrich wissen.

Lisbethchen griff nach dem Umschlag, stand auf und drehte sich zum Licht, das durch das kleine Fenster schien. Aber mit feuchten Augen hätte sie auch bei bestem Licht nichts erkennen können.

„Ich kann es net lesen. Guck du mal.“

Sie reichte den wattierten Umschlag Heinrich. Der hatte auch seine Mühe, den schlechten Stempelabdruck zu entziffern.

„Der vierte. Das war letzten Donnerstag.“

„Letzten Donnerstag? Da war Holger hier!“

Heinrich sagte nichts dazu, sondern schaute sich den Stempel noch einmal an.

„Der Brief wurde in Bad Homburg abgestempelt!“ stellte er fest.

„In Bad Homburg?” fragte Lisbethchen nach. Dann fiel es ihr ein. „Ach Gott! Warte mal!“ Sie ließ ihn sitzen und eilte in die Waschküche, wobei sie sich ermahnte, langsamer zu gehen.

„Hier!“ sagte sie, als sie außer Puste wieder ins Wohnzimmer kam. Sie hielt Heinrich den ersten Umschlag hin, den sie bekommen hatte. „Hier war der Hühnerkopf drin. Er ist auch in Bad Homburg abgestempelt worden.“

Heinrich nahm ihn mit grimmigem Gesicht entgegen und begutachtete ihn von allen Seiten. Dann zog er den Zettel heraus und las: *„Willst Du, daß auch einer an Frieda geht?* Zeig noch mal die Kopie deines Briefes!“

Lisbethchen reichte sie quer über den Tisch.

„Du brichst mir das Herz ... Wir beiden könnten doch wegziehen. Das spricht dafür, daß wir etwas miteinander hatten. *Ich brauche das Geld und was passiert ist, können wir nicht mehr ändern.* Da hast du über das Geld geschrieben, und Frieda hast du ebenfalls erwähnt, wenn auch nicht ihren Mann.“

Er warf den Zettel auf den Tisch und sprang auf. „Einmal, ein einziges Mal! Und dafür wird man so bestraft!“

„Daß wir etwas miteinander hatten! Wie das klingt, Heinrich! Du brauchst net so kalt zu mir zu sein! Zu so etwas gehören immer noch zwei.“

„Hätten wir Friedas Mann nur vorher gefunden bevor wir ...!“

„Da hast du recht! Dann wäre es gar net dazu gekommen. Ich frage mich noch immer, wo er das viele Geld her hatte.“

Heinrich zuckte mit den Schultern, während er ihr den Rücken zudrehte und aus dem Fenster starrte.

Zur gleichen Zeit schaute Susanna aus Giselas Küchenfenster hinüber zu Lisbethchens Haus. Der Vorhang an ihrem Wohnzimmerfenster bewegte sich ein ganz klein wenig. Sie meinte, die Silhouette von Heinrich Becker dahinter zu erkennen.

Gisela, die auf Lisbethchens Treppe vor dem offenen Küchenfenster stand, blickte kurz zu ihr herüber. Dann schaute sie wieder auf ihre Tupperdose, die sie zur Tarnung in den Händen hielt. Sie hatte einen Obstboden mit Mandarinen und Bananen gemacht und für Lisbethchen zwei Stücke abgeschnitten. Sie würde so tun, als wolle sie klingeln, falls sie erwischt wurde. Was sie interessierte, war das Gespräch im Wohnzimmer, das durch das offene Küchenfenster zu hören war, wenn man sich anstrengte.

„Was hast du damals mit dem Geld gemacht?“ wollte Heinrich plötzlich wissen.

„Wieso ...? Also, du stellst Fragen! Du weißt, daß ich damals jeden Pfennig gebrauchen konnte!“ erwiderte Lisbethchen. „Und du? Was hast du mit deinem Teil gemacht?“

„Ich habe Minchen erzählt, ein entfernter Onkel hätte mir überraschenderweise etwas vermacht. Wir haben uns ein paar neue Möbel davon gekauft und den Rest aufs Sparbuch gelegt.“

Lisbethchen schüttelte den Kopf. „Wie konnte er nur so unglücklich fallen? Wie er dagelegen hat! Ich sehe ihn noch vor mir! Ob er betrunken gewesen war?“

„Lisbethchen! Darüber haben wir uns damals schon den Kopf zerbrochen! Wir wissen es net. Es waren schwere Zeiten damals, als der Krieg vorbei war. Das weißt du doch selbst. Er wird krumme Geschäfte gemacht haben, wollte mit dem Geld in der Tasche durch den Wald nach Hause gehen, ist die Böschung herabgerutscht und unglücklich auf dem Stein aufgeschlagen. Ich war übrigens im Wald und habe nachgesehen. Die Stelle ist so zugewachsen, dort kann längere Zeit keiner mehr gewesen sein.“

Lisbethchen war mit den Gedanken woanders. „Ich habe mich oft gefragt, ob wir Frieda net etwas von dem Geld hätten abgeben müssen."

„Also sag mal ...! Hätten wir ihr sagen sollen: *Frieda, wir haben deinen Mann tot im Wald gefunden, mit einem Haufen Geld in der Tasche. Wir haben es genommen und ihn dort verbuddelt. Hier hast du was davon. Den Rest behalten wir.* Also, du wirst mir wirklich unheimlich, Lisbethchen. Jetzt reiß dich zusammen!"

„Man hätte es auch anonym machen können. Ihr einfach zustecken. Du weißt, was ich meine."

„Es ist mühsam, jetzt darüber zu reden."

„Ja."

„So, ich will wieder nach Hause. Denk an die Eier!"

Gisela stand mit offenem Mund vor der Tür. Was sie hier hörte, war kaum zu glauben. Plötzlich wurde die Tür aufgerissen. Gisela erschrak heftig. Geistesgegenwärtig hielt sie Lisbethchen, die neben Heinrich stand, die Tupperdose entgegen und stammelte: „Obstboden."

Susanna schaute derweil auf die Uhr und stieg von einem Bein aufs andere. Sie war noch nicht ganz durch mit ihrer Post, und wenn sie sich zu lange aufhielt, würde es Ärger geben. Meist warteten und moserten genau die Leute, die eh nur die Einladung zur Kaffeefahrt erhielten und den ganzen Tag Zeit hatten.

Das Handy klingelte. Susanna fischte es aus der Hosentasche.

„Greiner."

„Sigrun hier."

Sigrun Bergmann, ihre Teamleiterin! Was wollte die denn?

„Was gibt's, Sigrun?"

„Wie weit bist du?“

„Ich bin gleich durch, wieso?“

Das Handy am Ohr, behielt Susanna Lisbethchens Haustür im Auge. Jetzt drehte sich Gisela um und kam zurück.

„Dann warte ich auf dich. Es gibt etwas zu besprechen. Es hat sich jemand über dich beschwert.“

„Ist nicht wahr!“ Susanna entfleuchte ein Lachen.

„Warum lachst du? Ach was, das können wir besprechen, wenn du hier bist. Beeil dich bitte, ja? Ich muß pünktlich los.“

„Ist gut. Bis dann. Tschö.“

Schon stürmte Gisela herein. „Das glaubst du nie und nimmer!“ rief sie außer Puste.

„Laß dich unterbrechen. Ich muß schnell weiter. Bist du nachher zu Hause?“

„Ja, wieso?“

„Dann komme ich zu dir. Ich muß mich sputen. Meine Teamleiterin will mich sprechen. Es hat sich einer über mich beschwert. Kann nur der Berentz gewesen sein.“

Und schon war Susanna aus der Tür verschwunden.

„Setz dich kurz, Susanna.“

Sigrun Bergmann war eine stämmige Frau Ende vierzig, hart, aber herzlich.

Susanna gehorchte mit einem Grinsen auf dem Gesicht und setzte sich. Sie schüttelte ungläubig den Kopf. „Das kann doch nicht sein, daß der Kerl so gottlos blöde ist und sich noch mehr blamiert, als er es eh schon getan hat!“

„Welcher Kerl?“

Jetzt war Susanna verblüfft. War es denn nicht Berentz, der sich beschwert hatte? Sie überlegte: Sollte sie Sigrun von ihm erzählen?

„Da war so ein Spinner, der mich angepöbelt hat. Ich dachte, der hätte sich beschwert", entschloß sie sich zu sagen. „Aber jetzt bin ich mal gespannt, wer es wirklich war. Ich habe nämlich nicht die geringste Ahnung."

„Elfriede Helmhäuser."

Susanna mußte einen Moment überlegen, bevor der Groschen fiel. „Ich fasse es nicht!" Sie ließ sich nach hinten in den Stuhl fallen. „Die Müllers Frieda! Und was habe ich angeblich gemacht?"

„Zum ersten wärst du extrem unfreundlich gewesen ..."

„Ich fasse es nicht!" wiederholte sich Susanna. „Weißt du, wer die Frau ist?"

Sigrun schüttelte den Kopf.

„Das wandelnde schwarze Brett von Badhausen. Die größte Tratschtante nördlich des Äquators. Dieser Frau muß man wirklich aus dem Weg gehen! Ich kann mir vorstellen, warum sie mich angeschwärzt hat. Sie hat versucht, mich auszufragen. Aber da beißt sie bei mir auf Granit. Ich erzähle ihr weder Privates von mir noch von anderen Leuten."

Sigrun nickte. „Es geht weiter."

„Was denn noch?"

„Du würdest die Post in der falschen Reihenfolge austragen."

„Das hat sie mir auch schon gesagt, aber das ist natürlich Quatsch."

Sigrun nickte und seufzte. „Du weißt, daß ich dich informieren mußte."

„Ja, klar. Danke. Wahrscheinlich wird die Else, wenn sie wieder da ist, gleich erzählt bekommen, daß mit den jungen Kolleginnen nichts los sei."

„Oder sie sagt, bei dir wäre alles besser gewesen."

„Oder so, ja. Es gibt Leute, die drehen es, wie es ihnen paßt."

„Also: In Zukunft sagst du fein ‚Guten Tag' und ‚Auf Wiedersehen', wenn du sie triffst, und der Fall hat sich erledigt."

„Mehr kann ich auch nicht machen." Susanna klopfte sich auf die Oberschenkel und stand auf.

„Halt! Setz dich noch mal. Was hat es mit dem Typen auf sich, der dich angepöbelt hat?"

Das war typisch Sigrun. Sie überging nichts, sie vergaß nichts, auch wenn es zuerst den Anschein hatte. Susanna stöhnte und nahm wieder Platz.

Wer wollte denn jetzt schon wieder etwas von ihr? Es konnte nur Frieda sein. Eigentlich war sie spät dran. Lisbethchen hatte sie schon früher erwartet, oder besser gesagt befürchtet.

„Ei, ich hatte dich bei Gisela im Auto gesehen und habe mir gedacht, da brauchst du gar net anzurufen, sondern gehst gleich mal hin und guckst, wie es dem Lisbethchen geht", begann Frieda, als sie am Küchentisch saßen.

„Danke dir."

„Und, wie?"

„Wieder gut!"

„Das ist prima! Guck mal: Ich habe dir ein paar Äpfel mitgebracht."

„Oh, danke. Das wäre aber gar net nötig gewesen."

„Die sind doch gesund, wegen der Vitamine."

„Das stimmt. Danke.“

„Hast du denn was zu essen im Haus?“

„Ja, die Gisela hat sich um alles gekümmert. Sie ist doch sehr nett!“

„Ja, daß die das alles so macht! Ich meine, ihr seid ja net verwandt.“

„Ich weiß das auch sehr zu schätzen.“

Frieda druckste ein wenig herum, während sie unermüdlich mit der rechten Hand über den Küchentisch strich, so als wollte sie prüfen, ob er sauber war.

„Hat die auch nach den Hühnern geschaut und die Blumen gegossen?“

„Ja, ja. Die Hühner hat hauptsächlich das Kleine, das Katharina, gefüttert. Das ist ja ein liebes Ding.“

„Die Gisela hat doch dann auch einen Schlüssel, oder?“

„Ja sicher. Muß sie ja.“

„Ja, ja ...“ Frieda zögerte, und Lisbethchen merkte gleich, daß dieses Thema noch nicht abgehakt war. Frieda pirschte sich immer über Umwege, aber dennoch zielstrebig an das heran, was sie wissen wollte. Lisbethchen war das zuwider, sie wußte aber aus Erfahrung daß es nichts brachte, auszuweichen oder das Thema zu wechseln.

„Ja, ja ...“, murmelte Frieda erneut. „Ich weiß ja net, ob ich das so machen würde. Einfach jemandem den Schlüssel geben.“

„Aber Gisela ist net einfach so jemand.“

„Ja, ja, nee. Ich meine ja nur. Irgendwann kommt mal etwas weg, und dann gibt es Streit. Gerade in der Nachbarschaft ist das net so schön.“

„*Ich* habe keinen Streit mit der Nachbarschaft“, konterte Lisbethchen. Sie war sich nicht sicher, ob die Botschaft bei Frieda angekommen war. Jedenfalls wechselte die abrupt das Thema.

„War der Heinrich eben bei dir?“

Typisch Frieda. Sie schlug Haken.

„Ja, wieso?“

„Weil ich ihn gesehen habe. Daß du nach Hause gekommen bist, hatte ich ihm nämlich gesagt.“

Lisbethchen erwiderte nichts.

„Ich wußte gar net, daß ihr etwas miteinander zu tun habt“, versuchte Frieda es weiter.

„Er holt jetzt die Eier bei mir. Wo er doch keine eigenen Hühner mehr hat.“

„Ach so, ja. Hast du denn genügend?“

„Net immer, aber jetzt schon. Schließlich habe ich selbst keine gegessen, als ich weg war.“

„Ach, hat die Gisela die Eier net genommen?“

„Net alle. Die Hühner legen recht gut im Moment.“

Frieda nickte. Nach einer kurzen Pause, in der niemand etwas sagte, meinte sie: „Da hatte er es aber eilig! Wo du doch gerade erst nach Hause gekommen bist.“

Lisbethchen schwoll langsam der Kamm. Die Frau war wirklich zu dreist. Sie seufzte laut. „Die Krankenhausgeschichte hat mich doch mehr mitgenommen als ich dachte.“

Die Anspielung verfehlte ihre Wirkung. Entweder Frieda verstand sie nicht, oder sie war noch nicht dort angekommen, wo sie hinwollte.

Altes Aas, dachte Lisbethchen. Wenn sie nicht insgeheim schon immer ein schlechtes Gewissen Frieda gegenüber gehabt hätte, hätte sie ihr bestimmt schon längst einmal die Meinung gesagt.

„Erzähl mal, was die im Krankenhaus mit dir gemacht haben, Lisbethchen!“ forderte Frieda sie plötzlich auf. Hoffentlich war damit das Thema Heinrich abgehakt. Aber bei Friedas Verhörtechnik wußte man nie. Sie wog einen erst in Sicherheit und konfrontierte einen dann mit der gefürchteten Frage, wenn man arglos war und nicht mehr damit rechnete. Lisbethchen ging trotzdem gerne auf das neue Thema ein.

„Geröntgt haben sie mich, und ich habe die ganze Zeit nur dort gelegen und abgewartet, bis sie mich endlich wieder nach Hause gelassen haben. Völlig unnötig, wenn du mich fragst. Die machen heutzutage ein Geschiß wegen nichts!“

„Ei, Lisbethchen, die sind doch froh über jedes Bett, das sie belegt haben. Die halten die Leute fest, weil sie das Geld brauchen.“

„Angeblich ist das ja heute net mehr so. Es heißt doch, daß sie jetzt die Betten so schnell wie möglich für den nächsten frei haben wollen.“

„Anscheinend doch net!“

Nach zehnminütigem Lamentieren über die Hinterhältigkeit und Unfähigkeit der Ärzteschaft hatte Lisbethchen die Prozedur überstanden, und Frieda zog ab.

Zurück blieb Lisbethchen die sich nun fragte, welche Information es wohl gewesen war, die Frieda interessiert und die sie zu ihrer Zufriedenheit bekommen hatte. Denn eins stand fest: Frieda pflegte erst zu gehen, wenn sie wußte, was sie wissen wollte.

„Ich sage dir, Susanna, jetzt, wo ich das alles weiß, wird mir plötzlich so einiges klar! Mit diesem Reinhausen stimmt etwas nicht!“ ereiferte sich Gisela, als Susanna später bei ihr im Wohnzimmer saß. „Es ist mir gleich komisch vorgekommen, daß der sich ausgerechnet in Badhausen herumtreibt. Man kann ja viel über mich sagen, aber Menschenkenntnis habe ich! Der Typ ist so ... schleimig!“

„Ach, ich bitte dich, Gisela! Alle reden davon, wie charmant er ist.“

„Ich nicht! Aber mal abgesehen davon: Angenommen, dem gefällt es wirklich bei uns, dann frage ich mich, wie der sich zu solch unchristlichen Zeiten hier herumtreiben kann. Besonders, weil er angeblich ein Geschäft hat. So viel Freizeit hat keiner, der selbständig ist. Guck dir meinen Mann an. Der kann nicht tagelang avec plaisir verreisen.“

„Ja, aber vielleicht hat er Angestellte.“

Susanna versuchte, Giselas Verdächtigungen etwas zu mildern. Ohne Erfolg.

Gisela hob die Hand und wandte den Kopf Richtung Tür. Aus dem Kinderzimmer war laute Musik zu hören. Katharina sang mit, ein Lied, das Susanna nicht kannte.

Sicher, daß Katharina nicht lauschte, fuhr Gisela fort: „Angestellte hat mein Mann auch. Trotzdem muß er ständig selbst nach dem Rechten sehen. Oder erst recht.“

„Vielleicht kümmert sich Reinhausen um den Einkauf, so wie er es gesagt hat.“

„Und? Hat er schon etwas in Badhausen eingekauft? Nein!“

„Er sucht ja auch etwas Bestimmtes.“

„Sag mal, Susanna, warum verteidigst du diesen Kerl andauernd?“

„Ich verteidige ihn nicht, Gisela. Ich will nur nicht, daß du voreilige Schlüsse ziehst.“

„Hühnerköpfe zu verschicken, stell dir das mal vor!“ Gisela schüttelte sich. Dann verschränkte sie die Arme und lehnte sich auf dem Stuhl zurück. „Nun gut, dann sag du mir, wo du ansetzen würdest!“

„Zum Beispiel gibt es noch diesen Holger.“

„Du hast recht! Der ist mir auch nicht geheuer. Er ist dumm und frech.“

„Wenn wir schon mal dabei sind, die Leute zu verdächtigen: wie wäre es mit Frieda selbst?“ schlug Susanna vor.

Gisela fiel die Kinnlade herunter. Aufgeregt griff sie in die Plätzchenschale und steckte sich einen viel zu großen Keks komplett in den Mund. „Du meinst ...“, mümmelte sie schwer verständlich.

„Sie hat irgend etwas herausbekommen und sinnt nun auf Rache.“

Gisela schluckte. „Rache! Das klassische Motiv. Von wegen Geldgier! Rache. Das isses! Übrigens war sie eben bei Lisbethchen.“

„Andererseits ...“

„Ja?“

„Die Briefe waren in Bad Homburg abgestempelt.“

Wieder zu Hause angekommen, machte Susanna sich daran, einen gemischten Salat zuzubereiten. Piep und Puck hatten bereits ein saftiges Blatt abbekommen. Morgen würde ihr Käfig wieder mit kleinen grünen Häufchen übersäht sein.

Susanna war gerade mit dem Dressing beschäftigt, da klingelte das Telefon. Schnell lief sie zur Stereoanlage und drehte den Ton herunter. Fernbedienungen waren eine prima Sache. Der Nachtteil war nur, daß es immer so lange dauerte, bis man sie gefunden hatte. Diana Krall sang leiser weiter, und Susanna hätte schwören können, daß sie ein bißchen beleidigt klang.

„Greiner.“

„Praxis Dr. Schmitz. Andrea Gutermann. Guten Tag“, klang es monoton durch den Hörer. Und dann leicht zickig: „Ich verbinde mit Herrn Jensen.“

Flapp, schon hatte Andrea auf den Knopf gedrückt.

„Jensen.“

„Hallo, hier ist Susanna.“

„Grüß dich! Na, wie geht es?“

„Gut. Seit wann bemühst du denn deine Sprechstundenhilfe, um dich verbinden zu lassen? Bekommst du jetzt Starallüren?“

André lachte. „Nö, ich wollte die ... Warte mal.“

Susanna hörte wie André den Hörer hinlegte. Dann: *Bringen Sie mir einen Kaffee?* Eine Tür wurde geschlossen.

„So, da bin ich wieder. Ich wollte nur mal gucken, ob die Gutermann hinter der Tür lauscht.“

„Und?“

„Sie hat sie an den Kopf bekommen.“

Susanna lachte laut auf. „Bist du gemein! Aber was wolltest du eben sagen?“

„Äh, was wollte ich denn sagen?“

„Warum du dich neuerdings verbinden läßt.“

„Ach so. Weil ich die Gutermann ein bißchen ärgern wollte."

„Nochmals gemein!"

„Nö. Die geht mir auf den Keks."

Susanna hörte, wie die Tür geöffnet wurde und Geschirr klapperte.

Sie wartete, bis es wieder still war, bevor sie weiterredete. „Also komm. Andrea ist zwar manchmal etwas zickig, aber bestimmt loyal und zuverlässig. Das ist doch schon mal viel wert!"

„Dessen bin ich mir sehr wohl bewußt. Aber sie ist mir gegenüber etwas zu aufmerksam, wenn du verstehst, was ich meine."

„Oha, willst du mich etwa eifersüchtig machen? Haben wir das nötig, Herr Jensen?"

„Wer weiß. Was man so alles hört ..."

„Nein!" rief Susanna, vielleicht etwas zu laut. Diana Krall hörte schlagartig auf zu singen, machte aber gleich mit dem nächsten Song weiter.

„Habe ich da einen wunden Punkt getroffen?"

„Nicht was die Sache angeht, aber ich reagiere auf Sätze wie *Was man so hört* im allgemeinen allergisch."

„Tratschst du nie?"

Susanna überlegte. Gerade wollte sie mit „nein" antworten, da fielen ihr die Gespräche mit Gisela ein. Also gab sie zu: „Doch. Manchmal schon. Aber nie aus Boshaftigkeit."

„Nein! Natürlich nicht!"

„Genau: Nein!"

„Sehen wir uns heute abend?"

„Wenn du willst. Wann machst du Feierabend?"

„So in zwei Stunden."

„So spät!?“

„Ich habe jede Menge Schreibkram zu erledigen.“

„Bist du dann noch fit?“

„Wie meinst du das: noch fit?“ wollte André wissen, der anscheinend etwas ganz Bestimmtes im Kopf hatte.

„Fit genug für einen ausgedehnten Waldspaziergang.“

11. Tag

Susanna lenkte den Wagen kurz vor der Einfahrt nach Badhausen rechts in einen Feldweg. Hier stand sie nun und überlegte. Das Radio hatte sie ausgeschaltet und starrte auf die beiden Briefe, die sie in der Hand hielt. Sie waren ihr eben schon beim Sortieren aufgefallen. Susanna drehte sie hin und her. Beide waren in Bad Homburg abgestempelt, beide besaßen keinen Absender. Beide sahen identisch aus. Der eine war an Heinrich Becker, der zweite an Elisabeth Weinbrenner adressiert. Eigentlich genügte das, um zu wissen, daß Gefahr im Verzug war. Entschlossen warf sie die Briefe auf den Beifahrersitz, stellte das Radio wieder an, um die Nachrichten nicht zu verpassen, und startete den Motor.

Sie mußte sich immer wieder über sich selbst wundern. Was um Himmels Willen war ihr durch den Kopf gegangen, als sie gestern den Waldspaziergang mit André angeregt hatte? Nicht, daß sie etwas gegen ausgedehnte Spaziergänge hatte! Ganz im Gegenteil! Schließlich war sie ein Naturmensch. Ein Tag ohne Wiesen und Wälder, und schon bekam sie Entzugserscheinungen. Aber der Drang, sofort in den Wald zu gehen, einfach um die Spannung zu spüren, war wirklich kindisch gewesen. Als Gisela Heinrichs und Lisbethchens Gespräch belauscht hatte, hatte sie nur gehört, daß der Vorfall nach dem Krieg im Wald geschehen war, aber nicht wo. Überall hätte die Stelle sein können! Einzige Hinweise: eine Böschung und ein Stein. Davon gab es unzählige hier im Westerwald!

André hatte sich nicht schlecht gewundert, warum sie immer wieder vom Weg abgehen und durchs Gestrüpp schleichen wollte. Beim ersten Mal hatte er sie mißverstanden, aber als Susanna ehrlich überrascht war ob seiner Annäherungsversuche, hatte ihn das noch mehr verwirrt. Daß sie etwas gesucht hatte, war nicht zu übersehen gewesen, aber was, hatte sie ihm nicht verraten.

Susanna zog ganz in Gedanken versunken ihren Zustellkarren hinter sich her, als sie angebellt wurde. Barbie, die Westiehündin, machte ihre Arbeit als Wachhund gut. Sofort aber erkannte sie Susanna, und die Aufregung schlug in Freude um. Schwanzwedelnd kam sie auf sie zugelaufen.

„Ja, da ist ja die Barbie!“ rief Susanna und ging in die Hocke, um sich für den netten Empfang mit ein paar Streicheleinheiten zu bedanken.

„Hi!“ Die Stimme gehörte Tanja.

„Hi!“ Susanna stellte sich wieder gerade hin. „Na, wie?“

Tanja zuckte mit den Schultern.

„Du machst ja keinen besonders fröhlichen Eindruck.“

„Nö.“ Plötzlich schaute Tanja Susanna mißtrauisch an.

„Ist was?“

„Hast du Reinhausen gesehen?“

Bevor Susanna protestieren konnte, weil sie sich auf keine erneute Diskussion zu diesem Thema einlassen wollte, hob Tanja die Hand, und Susanna blieb still.

„Nein, ich spiele jetzt nicht die Eifersüchtige, falls du das befürchtest. Ich will es nur wissen. Sonst nichts.“

„Nein, ich habe ihn nicht gesprochen, noch nicht einmal gesehen habe ich ihn. Ist er denn überhaupt wieder im Ort?“

Tanja nickte. „Das war's dann wohl!"

„Wie, ‚das war's dann wohl'?"

„Er ist seit gestern nachmittag wieder hier."

„Und?"

„Hast du es wirklich nicht gewußt? Du kannst es mir sagen. Ich bin eh nicht mehr sauer."

„Nein." Susanna hob genervt die Hand zum Schwur und dachte sich, daß es wohl das Beste sei, wenn die Sache zwischen Tanja und Reinhausen im Sande verlaufen würde. Wenn er Dreck am Stecken hatte, dann hielt Tanja sich besser von ihm fern. Aber das konnte sie freilich nicht sagen.

„Er hat mich weder angerufen, daß er kommt, noch hat er sich bis jetzt bei mir blicken lassen", erklärte Tanja.

„Vielleicht war er so mit seiner Möbelsuche beschäftigt, daß er nicht konnte."

Tanja zog mit dem rechten Zeigefinger das rechte Unterlied nach unten.

Susanna mußte lachen. „Wer weiß, wofür's gut ist."

Tanja nickte und lachte auch. Dann wurde sie ernst.

„Sag mal, es geht mich ja nichts an, aber hat die Frieda sich tatsächlich über dich beschwert?"

Susanna nickte. „Wer hat es dir denn erzählt?"

„Sie selbst. War ganz stolz drauf."

„Das glaube ich dir aufs Wort."

„Was hast du ihr denn getan beziehungsweise nicht getan?"

„Ich bin nicht Zickzack über die Straße gelaufen."

„Hä?"

„Vergiß es!" Susanna winkte ab. „Ach ja, und dann war ich noch unfreundlich. Das war ich freilich nicht, ich habe mich bloß nicht aushorchen lassen. Das muß Frieda wahnsinnig gefuchst haben."

„Kann ich mir lebhaft vorstellen! Folter für das neugierige Waschweib!"

Die beiden lachten.

„Vielleicht sehe ich sie ja gleich."

„Och, ich will mit!" flachste Tanja.

„Komm doch! Geh ein Stückchen mit."

Tanja überlegte. „Könnte ich eigentlich. Die Kleine ist im Kindergarten."

„Und Barbie muß unbedingt mal Gassi gehen!" half Susanna nach.

„Jetzt wo du's sagst!"

„Also komm!"

„Ja, warte!"

Tanja huschte in den Flur, wo sie eine Hundeleine vom Haken nahm. Sie zog den Schlüsselbund aus der Hosentasche und beeilte sich abzuschließen.

Susanna überlegte, was sie tun würde, wenn Frieda wieder auf dem Hof stehen und sie ansprechen würde. Mit solchen nicht offen ausgetragenen Konfliktsituationen wurde sie nicht gut fertig. Sie bevorzugte die direkte Konfrontation. Da durften ruhig die Fetzen fliegen, Hauptsache, das Visier war aufgeklappt, und man konnte dem Gegner ins Auge blicken. So wie bei Berentz, dem sie heute vielleicht wieder über den Weg laufen würde.

Als sie an Friedas Küchenfenster vorbeigingen, glaubte Susanna, den Vorhang wackeln gesehen zu haben.

„Hat sich der Vorhang jetzt bewegt, oder sehe ich schon Gespenster?“ wollte sie wissen.

„Er hat gewackelt. Mal sehen, ob sie gleich auf den Hof kommt. Hast du überhaupt Post für sie?“

Susanna nickte.

Für Frieda hatte sie einen kleinen Umschlag, der so aussah, als wäre eine dieser klassischen Glückwunschkarten darin. Sie warf einen unauffälligen Blick auf den Absender. Eine vollständige Adresse, in zittriger Schrift geschrieben. Vielleicht hatte Frieda ja demnächst Geburtstag.

„Wahrscheinlich sagt sie jetzt nichts, weil ich dabei bin“, meinte Tanja.

Gerade wollte Susanna den Brief in den Kasten stecken, da öffnete sich die Haustür.

„Och, Guten! Ich hatte euch gar net gesehen!“

Wer’s glaubt wird selig, dachte sich Susanna und warf Tanja einen vielsagenden Blick zu, den diese erwiderte.

„Guten Morgen“, sagte sie schön freundlich.

Frieda lachte. „Na, Kind, heute hast du ja eine Begleitung dabei.“

„Ja, aber nur als Zeugin“, meinte Susanna und ließ Frieda stehen, die mit offenem Mund noch überlegte, wie das wohl gemeint sein könnte.

„Jetzt hat sie erst mal was zu überlegen“, stellte Tanja zufrieden fest, als sie außer Hörweite waren.

„Ja, geistige Arbeit hält auf Trab.“

„Hallo!“ sagte plötzlich ein kindliche Stimme hinter den beiden.

Sie drehten sich um.

„Hallo! Hast du schon wieder den Bus verpaßt?“ rief Susanna.

Niklas Schmickler nickte.

„Wie kommt’s?“

Der Junge zuckte mit den Schultern.

„Zu spät aus dem Haus gegangen oder gebummelt?“

„Gebummelt.“

„Wann fährt der nächste Bus?“

Niklas schaute auf seine Uhr. „In zwanzig Minuten.“

Sie gingen zu dritt weiter. Heute gab es sehr wenig Post, keine Wurfsendungen. Das machte viel aus. Susanna würde früh fertig sein.

Am Haus der Beckers überlegte sie kurz, durfte sich aber in Anwesenheit von Tanja und Niklas nichts anmerken lassen. Also warf sie den Brief in den Kasten. Niklas schielte derweil immer wieder zur anderen Straßenseite hinüber, wo sich das Küchenfenster öffnete und Frieda ihren Kopf mitsamt massigem Oberkörper heraussteckte.

Tanja mußte grinsen.

„Na, ihr werdet ja immer mehr“, rief Frieda herüber.

„Ja“, gab Susanna zur Antwort, lachte kurz und künstlich und ging weiter.

„Mann, Mann, Mann.“ Tanja schüttelte den Kopf.

„Wißt ihr was?“ meinte Niklas.

„Nein, was?“ fragte Susanna.

„Das war die blöde Frieda, die gepetzt hat, daß ich bei den Hühnern war.“

„War das denn schlimm?“

In diesem Moment schaute Susanna auf den leeren Pferch.

„Als ich drinnen war, hatte der Marder die Hühner gerade totgebissen und sie lagen dort herum."

„Igitt", entwischte es Tanja.

„Aber da kannst du doch nichts für, Niklas!" versuchte Susanna, ihn zu beschwichtigen. Sie wußte ja mehr als Tanja.

„Eben. Aber Mutti war trotzdem sauer! Die Frieda ist einfach nur blöd."

„Da hat der Heinrich wohl vergessen, die Klappe die Nacht über zuzumachen, und deshalb ist der Marder hineingekommen", vermutete Tanja.

„Nee. Da ist er nicht rein. Die Klappe war nämlich zu."

„Bist du dir da sicher?" fragte Tanja skeptisch.

Niklas nickte entschlossen.

An der Bushaltestelle ließen sie ihn bei den anderen Kindern, die zur dritten Stunde fuhren, zurück.

„Und denk dran, nicht wieder weglaufen und den zweiten Bus auch noch verpassen!" ermahnte ihn Susanna.

„Seine Mutter hat einen neuen Freund, und seither ist der Kleine etwas durch den Wind", erklärte Tanja.

„Scheint aber ein liebes Kerlchen zu sein."

„Ist er auch!"

„Und gleich kommt der nächste Kandidat. Kommst du noch weiter mit?" wollte Susanna von Tanja wissen.

„Meinst du Berentz?"

„Ja."

"Klar. Den will ich mir doch nicht entgehen lassen! Mit was du dich so alles herumschlagen mußt! Hätte ich wirklich nicht gedacht."

„Hallöchen, Susanna!"

Susanna drehte sich suchend um und entdeckte Norberts Mutter, die im Vorgarten stand.

„Hallo, Frau Buchecker!“ Sie winkte ihr lachend zu.

„Ob er wohl zu Hause ist?“ flüsterte Tanja, ohne Frau Buchecker zu beachten, und deutete mit dem Kinn zu Berentz’ Haus hinüber.

„Deine Frage wird gerade beantwortet.“

Berentz kam aus der Tür und ging mit einem Schälchen, in dem sich, soweit man es erkennen konnte, Kartoffelschalen befanden, zur Biotonne. Susanna hatte den Eindruck, daß er im Begriff gewesen war, etwas zu sagen, es sich aber anders überlegt hatte, als er sah, daß sie nicht alleine war.

„Haben wir Post?“ wollte Norberts Mutter wissen.

„Moment, ich schaue nach. Ja, hier.“

Susanna überreichte drei Umschläge. „Eben war der Stinkstiefel wieder auf dem Hof“, bemerkte Frau Buchecker. „Aber er hat sich wieder verkrümelt. Drei sind ihm wohl zuviel.“

„Ja“, lachte Susanna. „Grüßen Sie mir Norbert!“

Sie verabschiedeten sich.

„Zu früh gefreut. Da ist er wieder“, bemerkte Tanja.

Tatsächlich kam Berentz gerade wieder aus seiner Haustür, als die beiden weitergingen.

„Na, heute einen Kampfhund dabei?“ fragte er ironisch und schaute auf Barbie. „Schwindet das Selbstvertrauen?“

„Haben Sie immer noch nicht genug?“

„Komm, laß dich auf kein Gespräch ein“, flüsterte Tanja.

„Ah, mit Begleitung bist du stark, was?“

„Wie Sie sich erinnern, war ich auch alleine stark, im Gegensatz zu jemand anderem, den ich kenne.“

„Komm!“ Tanja zog an Susannas Ärmel.

„Du legst es wohl darauf an, deinen Job zu verlieren. Ich an deiner Stelle wäre etwas vorsichtiger.“

„Wieso? Das hat sich doch eh schon herumgesprochen.“

„Auf Wiedersehen.“ Tanja schubste Susanna weiter.

„Hey, habe ich keine Post?“ rief Berentz hinterher.

„Nein. Und wenn Sie so weitermachen, lehne ich es ab, sie Ihnen zu bringen. Dann können Sie sich ein Postfach einrichten lassen!“ rief Susanna über die Schulter.

Tanja hatte sie mittlerweile um die Ecke gedrängt.

„Der hat sie doch nicht alle! Geh doch überhaupt nicht auf den Kerl ein.“

„Du hast ja recht.“

„Weißt du, ich glaube fast, daß es dir sogar Spaß macht!“

Susanna grinste. „Na ja, ein bißchen schon, das muß ich zugeben. Er ist ja auch zu doof!“

Tanja schüttelte den Kopf. „Also wirklich!“ Sie schaute auf ihre Uhr. „Ich glaube, ich mache mich wieder nach Hause.“

„Och schade“, meinte Susanna gedehnt, aber wenn sie ehrlich war, war es ihr recht, daß Tanja ging. Schließlich wollte sie noch zu Gisela.

Tanja hatte sich gerade verabschiedet und war um die Ecke verschwunden, da tönte es hinter Susanna: „Hallo, schöne Frau!“

Oh nein! Susanna drehte sich um und seufzte.

Hinter ihr stand Reinhausen. Als ob er sie abgepaßt hätte! Wahrscheinlich hatte er das tatsächlich. Aber ihn konnte sie nun wirklich nicht brauchen.

„Darf ich mich Ihnen anschließen?“ fragte er und lief neben ihr her.

„Oh, Herr Reinhausen, ein andermal wirklich gerne, aber ich bin heute schrecklich in Eile und muß sozusagen im Laufschritt die Post verteilen, weil ich danach sofort weg muß.“

Um ihrer Aussage Nachdruck zu verleihen, legte Susanna einen Zahn zu.

Sie hörte nur noch wie Reinhausen „schade“ sagte und zurückblieb. Ohne sich umzublicken hob sie die Hand und rief: „Tschüs.“

„Behältst du das Haus auch im Auge?“ wollte Susanna von Gisela wissen, nachdem sie bei Lisbethchen am Küchenfenster den Brief abgegeben hatte. Die alte Frau war damit gleich im Inneren des Hauses verschwunden.

„War etwas Verdächtiges in der Post?“ Gisela hatte die Frage gerade ausgesprochen, da hob sie abwehrend die Hände. „Ich weiß schon: Du darfst nichts sagen. Ich bleibe auf meinem Posten. Klar.“

Susanna nippte an der Kaffeetasse, die ihr Gisela im Stehen in die Hand gedrückt hatte, und schaute aus dem Fenster hinüber zu Lisbethchens Haus. Dort tat sich nichts.

„Sag mal, was machen wir eigentlich, wenn wir wissen, wer es ist?“

„Die Polizei anr...“ Gisela verstummte.

„Wenn wir das gewollt hätten, hätten wir es schon längst tun können, Gisela. Aber wir haben es nicht getan. Erstens, weil uns das Lisbethchen und das Minchen leid tun. Und zweitens, weil wir uns in Dinge einmischen, die uns nichts angehen. Vor allem ich. Weißt du, was mir die ganze Zeit durch den Kopf geht?“

„Nee."

„Daß wir uns über Frieda aufregen, weil sie ihre Nase in anderer Leute Dinge steckt. Eigentlich sind wir auch nicht viel besser."

„Na hör mal! Wir tun es, weil wir helfen wollen, und sie tut es aus Boshaftigkeit."

Susanna nippte wieder an ihrem Kaffee. „Ja, da hast du allerdings recht. Entschuldige, ich glaube, ich habe heute meinen Moralischen." Sie stellte die Tasse zur Seite. „Aber was machen wir, wenn es soweit ist, vorausgesetzt, wir bekommen das überhaupt heraus?"

Gisela zuckte mit den Schultern. „Das müssen wir dann spontan entscheiden."

Lange hatte Reinhausen überlegt, ob er überhaupt jemanden mitnehmen sollte, wenn er zu dieser alten Frau Weinbrenner ging. Nach einigen Überlegungen hatten die Argumente, die dafür sprachen, überwogen. Trotz der negativen Auskunft der Nachbarin wollte er nämlich mit der Frau reden und versuchen, einen Blick in ihr Haus zu werfen.

Nachdem er nicht an Susanna herangekommen war, hatte er sich entschieden, doch Tanja zu fragen. Zuerst war sie abweisend gewesen, aber am Ende hatte sie sich doch bereit erklärt, ihn zu begleiten. Schließlich hatte sie ihm gesagt, daß Frau Weinbrenner bereits aus dem Krankenhaus entlassen worden und wieder zu Hause war.

Nun stand Reinhausen hinter ihr auf der Treppe. Sie hatte gerade geklingelt. Er starrte auf die Haustür, die sich nicht öffnete. Statt dessen war ein vorsichtiges „Ja?" zu hören.

Beide drehten sich um. Lisbethchen stand im offenen Küchenfenster, ein Küchentuch in der Hand.

„Guten Tag!“ sagte Tanja. Sie war sich nicht sicher, wie sie Lisbethchen anreden sollte. „Das hier ist der Herr Reinhausen aus Frankfurt. Er ist Antiquitätenhändler und hat gehört, daß Sie vielleicht schöne alte Möbel haben. Herr Reinhausen interessiert sich für solche Möbel, besonders für Intarsientischchen.“

Lisbethchen starrte Reinhausen erschrocken an. Ihre Hand suchte am Fensterbrett nach Halt. Reinhausen und Tanja blieb nicht verborgen, daß Lisbethchen plötzlich leichenblaß wurde.

„Ist etwas nicht in Ordnung?“ Tanja bekam es nun mit der Angst zu tun. Lisbethchen würde doch nicht wieder schlappmachen! Und das ausgerechnet, wenn sie Reinhausen anschleppte!

Nach ein paar Sekunden preßte Lisbethchen hölzern hervor: „Ich habe keine alten wertvollen Möbel mehr“, und schlug hastig das Fenster zu. Der Rahmen war verzogen und es schepperte laut. Vor Aufregung mußte sie ein paarmal fest dagegen drücken.

Tanja schaute Reinhausen verblüfft an und zuckte mit den Schultern. „Ich weiß auch nicht, was mit ihr los ist.“

„Da kann man nichts machen.“ Reinhausens Ärger und Enttäuschung legten sich schnell. Die Chancen hatten ohnehin nicht besonders gut gestanden.

Susanna tastete nach ihrem Handy, das in die Ritze des Beifahrersitzes gerutscht war, konnte es aber nicht finden. Also lenkte sie ihren Lupo, mit dem sie gerade auf dem Weg zum Einkaufen war, an den Straßenrand und drehte die Lautstärke des CD-Players herunter. Sie hatte ihre alte Greatest Hits CD von den

Eurythmics wieder ausgekramt, nachdem sie kürzlich durch den Titel *Who's that girl* im Radio an die gute Musik der Band aus den 80ern erinnert worden war.

Endlich ertastete sie das Handy und zog es aus der Ritze.

„Susanna Greiner."

„Susanna! Hier ist Gisela."

„Hi, was gibt's?"

„Weißt du was? Eben sind gerade Tanja und dieser Antiquitätenheini bei Lisbethchen gewesen."

„Hast du etwas hören können?"

„Nein, aber das Lisbethchen hat sie ganz schnell am Fenster abgefertigt. Meinst du ...?"

„Ich weiß nicht. Würde sich jemand Zeugen mitnehmen, wenn er etwas Dubioses vorhat?"

„Vielleicht ist er besonders gerissen? Weiß man's?"

„Hm."

„Ich gehe gleich mal rüber. Nicht, daß sich das Lisbethchen wieder aufgeregt hat."

„Gut. Rufst du mich danach an?"

„Klar. Bis gleich."

Susanna drückte das Handy aus und klemmte es unter die Handtasche, damit es nicht wieder wegrutschte. Tanja konnte ihre Finger also doch nicht von Reinhausen lassen! Susanna drehte die Eurythmics wieder lauter, die gerade bei *Right by your side* angekommen waren, und fuhr zurück auf die Straße.

Sie war noch keinen Kilometer gefahren, da meldete sich erneut das Handy. Auf dem Display war wieder Giselas Nummer zu sehen.

„Ja?"

„Ich kann nicht rüber zu Lisbethchen. Rate mal, wer jetzt gekommen ist?“

„Sag’s!“

„Heinrich.“

„Aha! Jetzt wird es spannend!“

„Willst du nicht herkommen?“ fragte Gisela aufgeregt. „Wenn jetzt irgend etwas passiert, schaffe ich es vielleicht nicht alleine.“

Susanna überlegte.

„Ich habe noch Essen von heute mittag übrig“, versuchte Gisela, sie zu überreden.

„Das war jetzt eigentlich nicht mein Problem“, lachte Susanna. „Wo ist eigentlich Katharina?“

„Bei einer Freundin, Hausaufgaben machen. Sie stört uns also nicht.“

„Gut. Ich komme.“

„Bis gleich.“

Gisela legte erleichtert auf. Während des Gesprächs hatte sie das Haus von Lisbethchen nicht aus den Augen gelassen. Sie traute sich nicht, erneut hinüberzugehen um zu lauschen.

„Komm rein“, Lisbethchen schaute sich ängstlich um und zog die Tür schnell hinter Heinrich Becker zu.

„Ich glaube, ich weiß, wer es ist“, sagte sie, als sie ihn in die Stube führte.

„Wer?“ Er stellte seinen Eierkorb auf den Tisch.

„Dieser Antiquitätenmann, der sich die ganze Zeit in Badhausen herumtreibt.“

Heinrich runzelte die Stirn. „Einer, der mitten in der Woche net in seinem Geschäft ist, ist mir tatsächlich verdächtig.“

„Er war hier!“

„Was?“

„Ja, mit dem Tanja. Eben gerade.“

„Und was wollten die beiden?“

„Sie wollten wissen, ob ich alte Möbel hätte, mit Einlegearbeiten. Heinrich, ich habe Angst! Das kann doch kein Zufall sein! Wie sollten die gerade auf mich kommen?“

Heinrich grübelte still vor sich hin.

„Meinst du, das Tanja hat etwas damit zu tun?“

„Weiß ich doch net! Wir werden es aber vielleicht bald erfahren. Ich habe nämlich heute einen Brief bekommen!“ Er griff in seine Jackentasche.

„Ich auch!“ Lisbethchen ging in die Küche, um ihren zu holen.

„Hier!“

Heinrich nahm den Umschlag entgegen, zog den Briefbogen heraus und legte ihn neben den, den er selbst erhalten hatte.

Einer von Euch beiden bringt am Montag nächster Woche um 20 Uhr € 20.000 zum Hochsitz an der Lichtung im Wald hinter dem Wasserbassin. Ihr habt genug Zeit, um das Geld lockerzumachen. Packt es in einen Plastikbeutel und versteckt es unter dem Hochsitz.

Daß Ihr besser den Mund haltet, brauche ich wohl nicht zu betonen. Wenn Ihr spurt, werdet Ihr nie wieder etwas von mir hören.

„Das ist der gleiche“, stellte Lisbethchen fest.

Heinrich nickte. „Wir müssen uns den Betrag teilen. Kommst du bis dahin an soviel Geld?“

Lisbethchen preßte die Lippen zusammen. „Und du?“

„Muß wohl.“

„Ich wollte das Geld eigentlich für Notfälle aufheben", jammerte Lisbethchen.

„Ich wüßte auch etwas Besseres mit dem Geld anzufangen", konterte Heinrich eine Spur zu scharf, so daß Lisbethchen sich sofort zusammenriß: „Ja, es wird schon gehen. Muß."

„Ich fahre gleich rüber nach Niederhüttenhausen zur Bank."

„Ich muß zur Post nach Borsigenbach. Nimmst du mich mit? Es liegt doch auf dem Weg."

Heinrich schaute sie ungläubig an. „Das fragst du doch net im Ernst?"

Lisbethchen schaute auf den Boden. „Nein. Wie dumm von mir!"

„Stell dir vor, uns sieht einer zusammen!"

Lisbethchen nickte, um gleich darauf den Kopf zu schütteln. „Nein, das geht net. Ich fahre mit dem Bus. Der nächste geht heute um halb fünf. Das schaffe ich dann gerade noch so."

„Geht denn dann noch einer zurück?"

Das war das Unangenehme, wenn man als alter, alleinstehender Mensch nicht mit dem eigenen Auto fahren wollte oder konnte: Man mußte den Bus nehmen, was bei dem geringen Pendelverkehr gar nicht so einfach war.

Badhausen besaß kein Lebensmittelgeschäft mehr. Noch nicht einmal einen Metzger gab es, nur eine kleine Verkaufsstelle einer Bäckereikette, die stundenweise öffnete. Lisbethchen hatte Glück, eine so nette Nachbarin wie Gisela zu haben, die ihr etwas mitbrachte, wenn sie nach Herborn oder anderswohin zum Einkaufen fuhr. Manchmal nahm sie sie auch mit, aber Lisbethchen war das eigentlich zuviel. Sie mochte das Gedränge mit den Einkaufswagen und die Hektik an den Kassen nicht. Wenn sie dennoch selbst einkaufen wollte, nahm sie eben den Bus nach Borsigenbach. Dort gab es einen Laden. Das Dumme war nur, daß sie länger Aufenthalt hatte, als sie eigentlich zum Einkaufen brauchte, und daß sie nicht allzuviel kaufen konnte. Schließlich mußte sie die Sachen ja nach Hause tragen. Ein teures Taxi zu rufen kam für sie nicht in Frage.

„Ja, um sechs geht einer zurück, glaube ich."

„Ich fahre dann mal", sagte Heinrich und stand auf.

„Heinrich!"

„Ja?" Er drehte sich um.

„Wer von uns beiden bringt denn das Geld zum Hochsitz?"

„Na, ich natürlich."

Lisbethchen nickte erleichtert.

Susanna fuhr gerade bei Gisela vor, als Heinrich schon wieder aus Lisbethchens Haus kam.

„Komm in die Küche!" meinte Gisela, die sie bereits erwartete.

„Hi. Heinrich geht gerade wieder. Am besten fahre ich mal hinter ihm her."

Gisela nickte. „Warte einen Moment und laß ihn vorgehen. Sonst fällst du auf."

„Ah!"

„Was ist?"

„Ich muß nachsehen, ob ich meine Kamera auch wirklich dabei habe."

Susanna ging, gefolgt von Gisela, hinaus zum Auto und schaute ins Handschuhfach.

„Hier ist sie! Die habe ich normalerweise immer im Auto liegen, für den Fall, daß ich mal in einen Unfall verwickelt werde. Dann kann ich gleich ein Beweisfoto schießen."

„Gute Idee. Aber ich hätte dir auch meine Digicam mitgeben können."

„Vielleicht brauchst du die selbst. Du behältst Lisbethchens Haus im Auge, ja?"

„Klar, was denkst du denn?"

„Also bis dann!" Susanna startete den Motor und zog die Tür zu.

Sie sah Heinrich kurz vor seinem Haus. Perfektes Timing! Susanna fuhr vorbei, wendete und fuhr wieder zurück. Diesmal war er nicht mehr zu sehen, also konnte sie davon ausgehen, daß er im Haus verschwunden war. Soweit so gut. Aber was konnte sie jetzt machen? Sie mußte zumindest einen Augenblick lang das Haus beobachten. Hier stehenzubleiben war unmöglich. Also fuhr sie weiter, drehte eine Runde und kam wieder am Haus vorbei. Bingo! Heinrichs Wagen kam gerade aus der Garage. Susanna fuhr in die kleine Seitengasse gegenüber und machte an deren Ende kehrt. Als sie wieder zurückkam, hatte Heinrich den Weg Richtung Ortsausgang eingeschlagen. Sie folgte ihm mit einigem Abstand, was gar nicht so leicht war, denn Heinrich fuhr ziemlich langsam, zumindest langsamer, als sie es gewohnt war. Schnell war die Richtung klar: Borsigenbach. Um nicht aufzufallen, überholte Susanna und fuhr vor.

Gleich hinter dem Kreisel, am Ortseingang von Borsigenbach, bremste sie ab und wartete, bis Heinrich kam.

Er setzte den Blinker und fuhr in den mittlerweile wieder bepflanzten Kreisel. Dann verließ er ihn, ohne zu blinken, in Richtung Niederhüttenhausen.

„Aha!“ Susanna fuhr zurück und folgte ihm.

In Niederhüttenhausen hielt Heinrich vor der kleinen Bankfiliale in der Hauptstraße.

Susanna stoppte in einigem Abstand und griff zufrieden zum Handy, um Gisela Bescheid zu geben. In diesem Moment klingelte es, und Giselas Nummer erschien im Display.

„Hallo!“

„Hi, Gisela hier. Lisbethchen verläßt das Haus mit Handtäschchen, Strickjäckchen und feinen Schuhen.“

„Dann will sie wahrscheinlich genau das machen, was auch Heinrich gerade tut.“

„Nämlich?“

„Geld abheben. Er ist in Niederhüttenhausen auf der Bank.“

„Was mache ich jetzt? Soll ich hinter Lisbethchen herfahren? Wenn, dann muß ich mich beeilen, sonst ist sie weg.“

„Sie hat doch kein Auto, oder?“

„Nee! Wahrscheinlich geht sie zum Bus.“

Susanna schaute auf die Uhr. „Es ist gleich halb fünf. Fährt um diese Zeit einer?“

„Keine Ahnung. Kann sein.“

„Du weißt natürlich nicht zufällig, wo sie ihr Konto hat?“

„Nein! Ich tippe ja darauf, daß Heinrich die Führung übernimmt. Lisbethchen ist viel zu sehr neben der Spur, um irgend etwas Aufregendes zu tun.“

„Das denke ich auch.“

„Lange kann ich nicht mehr warten. Ich fahre jetzt einfach hinter ihr her.“

„Ok. Ich melde mich gleich wieder. Vergiß nicht, dein Handy einzustecken.“

„Nein, vergesse ich nicht!“

Susanna legte auf. Es dauerte eine Weile, bis Heinrich wieder herauskam, in seinen Wagen stieg und auf der Straße wendete. Susanna tat dies ebenfalls und folgte ihm mit möglichst großem Abstand. Nach ein paar Minuten griff sie nach dem Handy. Ohne sich darum zu kümmern, daß sie nicht gleichzeitig fahren und telefonieren sollte, rief sie Gisela an.

„Hi. Was macht Lisbethchen?“

„Ist gerade in den Bus gestiegen. Und Heinrich?“

„Ist gerade aus der Bank gekommen. Bis jetzt sieht es so aus, als würde er nach Hause fahren, aber er kann die Richtung noch ändern. Also, ich fahre hinterher.“

„Alles klar. Ciao.“

Sie legten auf.

Susannas Handy klingelte sofort wieder.

Ohne auf das Display zu schauen, hob sie ab.

„Ja, was ist?“

„Was ist das denn für eine freundliche Begrüßung?“

„Oh, hallo, du bist’s, André!“

„Ja, ich. Mit wem hast du denn gerechnet?“

„Kann ich dir gerade nicht erklären. Ich warte auf einen wichtigen Anruf und muß die Leitung freihalten. Ich melde mich später bei dir! Tschö!“

Susanna drückte den verblüfften André aus der Leitung und konzentrierte sich auf die Verfolgung von Heinrich, die aber genau das ergab, was sie vermutet hatte. Heinrich fuhr nach Hause. Ob jetzt noch etwas passieren würde?

Susanna rief Gisela an.

„Hi! Heinrich ist wieder daheim. Er hat das Auto in die Garage gestellt und das Tor zugemacht. Sieht nicht so aus, als wollte er heute noch einmal wegfahren.“

„Er könnte aber auch zu Fuß gehen.“

„Könnte er, ja. Und was macht Lisbethchen?“

„Sie ist in Borsigenbach aus dem Bus gestiegen und ist jetzt in der Post. Wahrscheinlich hat sie bei der Postbank ihr Konto.“

„Hm.“

„Sag mal, mir geht gerade etwas anderes durch den Kopf: Wenn die beiden erpreßt werden, handelt es sich doch bestimmt nicht nur um ein paar läppische Kröten, sondern um einen höheren Betrag. Den kann man vielleicht nicht ohne weiteres so bekommen. Schon gar nicht in diesen kleinen Filialen!

„Stimmt! Daran hätte ich gleich denken müssen!“ Susanna ärgerte sich. „Mensch, sowas! Wahrscheinlich muß die Abhebung angemeldet und das Geld später abgeholt werden.“

„Dann kann heute nicht mehr viel passieren.“

„Nee. Weißt du was? Ich warte hier sicherheitshalber noch ein paar Minuten und fahre dann zu dir.“

„Ok. Bis gleich ... Halt! Jetzt fällt mir etwas ein! Ich warte bis Lisbethchen herauskommt, fahre dann *zufällig* an ihr vorbei und frage sie, ob ich sie mitnehmen kann.“

„Gute Idee. Aber mach es nicht zu auffällig.“

„Für wie blöde hältst du mich?“

„Entschuldigung.“

Lisbethchen wollte sich partout nicht von Gisela ins Haus begleiten lassen, und Susanna, die an die Motorhaube ihres Lupos gelehnt wartete, entging nicht, daß sie es sehr eilig hatte, ins Haus zu kommen.

„Und?“

Gisela zuckte mit den Schultern und schaute hinüber zum Haus.

„Was ist?“

„Ich warte nur, bis sie das Küchenfenster aufmacht. Das ist normalerweise ihr erster Gang.“

Aber nichts tat sich.

„Wahrscheinlich telefoniert sie.“

„Mit Heinrich, meinst du?“

„Ja. Sie war die ganze Zeit so nervös! Es schien ihr gar nicht recht zu sein, daß ich sie vor der Post aufgelesen habe.“

„Weißt du, ob sie Geld dabei hatte?“

„Nee! Meinst du, sie hätte es mir dann gezeigt?“

„Das meine ich nicht. Welches Gefühl hattest du?“

„Ich würde sagen, sie hat es nicht bekommen.“

Susanna nickte. „Dann geht es wohl morgen weiter.“

Doch am nächsten Tag geschah nichts. Auch am Wochenende blieb alles ruhig. Nichts passierte.

15. Tag

Susanna und Gisela hatten Kontakt gehalten. Auch am Wochenende. Lisbethchen hatte das Haus nicht verlassen; Heinrich war zwischenzeitlich nicht mehr bei ihr gewesen.

Am Montag morgen ging der Trott wieder los. Susanna war auf dem Weg zur Arbeit, laut singend, wenn man das so nennen konnte. Gerade lief Shannon mit *Let the music play* im Radio. Einen Montag mit einem Disco Hit aus den 80ern zu beginnen war ungewöhnlich. Doch um so mehr freute sie sich. Der Song war alt und wurde nur noch selten gespielt. Er würde ihr für den Rest des Tages nicht mehr aus dem Ohr gehen, das wußte sie jetzt schon.

Bei der lauten Musik hätte sie das Handy beinahe überhört, wenn sie nicht zufällig auf den Beifahrersitz geschaut und gesehen hätte, daß das Display leuchtete. Ausnahmsweise fuhr sie gleich rechts ran und nahm ab.

„Morgen. Ich bin's, Gisela."

„Morgen. Grüß dich!"

„Ich wollte dir nur sagen, daß das Lisbethchen eben zum Bus gegangen ist. Was meinst du soll ich machen? Ich tippe ja darauf, daß sie zur Post fährt und das Geld holt."

„Ich auch."

„Und wenn sie woanders hingeht, und wir bekommen es nicht mit? Dann war unsere ganze Mühe vielleicht umsonst. Ich bin kurz davor, ramdösig zu werden, weil ich nur noch aus dem Fenster schaue, da soll es sich doch wenigstens gelohnt haben", lamentierte Gisela.

„Ok. Ich denke zwar, daß Lisbethchen selbst nichts Großartiges unternehmen wird, das wird wohl Heinrichs Aufgabe sein, aber sicher bin ich natürlich nicht. Leider kann ich nichts machen. Ich bin eben erst auf dem Weg nach Badhausen."

Gisela seufzte, zögerte kurz und seufzte erneut. „Weißt du was? Ich habe ja sonst keine Ruhe. Ich fahre hinterher."

„Klasse!"

Susanna war mitten in ihrer Runde, als sie Niklas entdeckte.

„Hallo, Niklas! Na, sag mal, was ist denn mit dir los? Was machst du denn um diese Zeit hier? Du schwänzt doch nicht etwa die Schule?"

„Quatsch! Es sind doch Ferien seit heute!"

„Ach so! Na, da siehst du's mal wieder! Seit ich nicht mehr in die Schule gehe, bin ich gar nicht auf dem Laufenden."

„Hast du auch irgendwann mal Urlaub?"

„Ja, klar. Aber erst später."

„Kann ich ein Stück mit dir gehen? Mir ist langweilig." „Sicher. Sag mal, hast du Ärger bekommen, weil du nochmal den Bus verpaßt hast?"

„Ja", brummte Niklas. „Wieder Fernsehverbot."

„Oh weh!" sagte Susanna.

In diesem Moment klingelte das Handy.

„Wo bleibst du denn?" hörte sie Giselas ungeduldige Stimme.

„Ich bin gerade am Dorfplatz. Ich habe erst die Hälfte. Was gibt's?"

„Der Erwin Hellberg, unser Nachbar, hat Lisbethchen unterwegs aufgelesen. Sie war auf der Post, wie wir gedacht hatten.

Und jetzt hat sie Besuch! Stell dir vor: Holger, ihr Enkel, ist bei ihr! Sie war gerade auf dem Hof, als er kam."

„Und jetzt?"

„Sie stehen immer noch draußen. Lisbethchen macht keine Anstalten, ihn mit ins Haus zu nehmen."

„Ich beeile mich! Behältst du sie im Auge?"

„Klar."

„Prima."

„Warte mal ... Jetzt dreht Holger sich um. Hä? Will der schon wieder fahren?"

„Kannst du sehen, ob sie ihm etwas gibt?" Susanna wollte in Niklas' Anwesenheit nicht zuviel sagen. Kinder verstanden mehr, als man gemeinhin dachte.

„Nein. Er geht zum Wagen", berichtete Gisela. „Tatsächlich! Der will schon wieder wegfahren! Nein, halt. Er macht die Beifahrertür auf. Jetzt holt er ... einen Blumenstrauß heraus."

Mitsamt Zustellkarren im Schlepptau und Handy am Ohr hetzte Susanna weiter.

Niklas beeilte sich, hinter ihr herzukommen. „Was ist denn?" wollte er wissen, doch Susanna konzentrierte sich auf das, was Gisela berichtete.

„Igitt, was für ein Schleimbeutel! Blumen Marke Tankstelle ... Er fragt etwas. Lisbethchen schüttelt wieder den Kopf ... Er geht wieder zum Wagen. Ich fürchte, du kannst langsam tun ... Ja. Er fährt."

Susanna bremste enttäuscht ab.

Als sie an Berentz' Haus vorbeiging, grinste sie wie ein Honigkuchenpferd. Sie war sich ziemlich sicher, in Zukunft Ruhe zu haben. Berentz war tatsächlich so blöde gewesen, doch noch bei Sigrun Bergmann anzurufen. Und die hatte ihm eine passende Antwort gegeben. Da kannte Sigrun kein Pardon. Seither hatte Susanna Berentz nicht mehr zu Gesicht bekommen. Das Risiko, daß er seine Post demnächst abholen durfte, wollte er wohl nicht eingehen. Große Klappe, und nichts dahinter!

Daß Susanna noch immer in Begleitung von Niklas war, als sie ihr später die Post brachte, störte Gisela ein wenig. Andererseits hatte sie nichts Erwähnenswertes mehr zu berichten.

Der Tag verlief ruhig.

Am Abend jedoch – Gisela war gerade dabei, den Grill anzuschmeißen – sah sie ihn.

„Ich glaube, es ist soweit! Heinrich ist gerade zu Lisbethchen gegangen. Komm so schnell wie möglich her!“ sprach sie aufgeregt ins Telefon.

„Mist“, fluchte Susanna. „Was mache ich denn jetzt?“

„Hast du Herrenbesuch? Dann schmeiß ihn raus und komm her. Ich bin mit Katharina alleine im Garten am Grillen.“

„Wo ist dein Mann?“

„Noch in der Firma.“

„Was ist denn los?“ fragte der verblüffte André im Hintergrund.

Susanna hielt den Zeigefinger vor die Lippen. Dann sprach sie weiter ins Telefon: „Ich komme. Mach schon mal den Grill aus. Kannst du Katharina irgendwo unterbringen?“

„Ich lasse mir was einfallen. Komm her.“

„Ok.“ Susanna drückte die rote Taste und warf das Telefon aufs Sofa. Mit entschuldigender Miene wandte sie sich an André: „Schatz, ich muß weg. Eine Freundin hat Probleme.“

„Och!“

„Bitte sei mir nicht böse!“

„Was ist denn passiert?“

Susanna überlegte kurz, fand aber, daß sie für langwierige Erklärungen keine Zeit hatte.

„Erkläre ich dir später. Sorry, aber ich muß dich rausschmeißen.“

Heinrich zog die Plastiktüte aus der Jackentasche seines Jacketts, wickelte sie auseinander und hielt sie Lisbethchen hin. Die schaute hinein und legte ihre 10.000 € hinzu.

„Mein schönes Erspartes!“ jammerte sie.

„*Unser* schönes Erspartes“, sagte Heinrich trocken. „Minchen und ich hätten es auch gerne behalten.“

Lisbethchen ärgerte sich ein bißchen, daß er immer wieder Minchen erwähnte. Wenn er ihr mit dem Geld etwas Gutes hätte tun wollen, hätte er es schon längst machen können. Jetzt saß Minchen den lieben langen Tag nur im Sessel und verschlief die meiste Zeit. Am liebsten hätte Lisbethchen ihm das gesagt, aber es war wohl nicht der richtige Zeitpunkt. Sie schluckte ihren Ärger hinunter, und die Angst gewann wieder die Oberhand.

„Sei vorsichtig.“

Heinrich nickte und schaute auf die Wanduhr, danach zur Sicherheit auf seine Armbanduhr.

„Halb sieben. In einer halben Stunde gehe ich los.“

„Nimmst du net das Auto?“

Heinrich schüttelte den Kopf.

Bestimmt ist er zu aufgeregt zum Fahren, dachte sich Lisbethchen. Aber er würde seine Nervosität nie zugeben.

Susanna hielt sich nicht an die Geschwindigkeitsbeschränkung, weder auf der Landstraße, noch innerorts. Vor dem Haus der Schneebergers legte sie eine Vollbremsung hin, sprang aus ihrem Lupo und schlüpfte ins Haus. Gisela hatte die Tür bereits geöffnet.

„Und?“

„Heinrich ist noch drin.“

„Puh, Glück gehabt. Wo ist Katharina?“

„Bei einer Freundin.“

„Klasse.“ Susannas Blick fiel auf einen Zettel, der auf dem Tisch lag. *Mußte noch mal weg. Wir grillen, wenn ich wieder da bin. Katharina ist bei Eva.*

Gisela folgte ihrem Blick. „Der ist für meinen Mann.“

„Wie spät haben wir es eigentlich?“ Susanna blickte auf ihre Armbanduhr.

„Viertel vor sieben.“

Die beiden schauten gespannt aus dem Küchenfenster auf Lisbethchens Haustür.

„Ich stelle noch mal einen Kaffee auf. Wer weiß, wie lange das noch dauert.“

„Nur das nicht! Sonst muß ich unterwegs aufs Klo.“

„Stimmt. Ich auch.“

Gegen sieben öffnete sich die Tür.

„Jetzt!“ rief Gisela.

„Der ist zu Fuß“, bemerkte Susanna.

„Gehen wir auch zu Fuß hinterher, oder nehmen wir den Wagen?“

„Ich bin für den Wagen. Wenn Heinrich nach Hause geht und dann mit dem Wagen weiterfährt, brauchen wir ihn.“

„Komm, wir nehmen gleich meinen“, bot sich Susanna an. „Mist. Warum macht denn Lisbethchen nicht die Tür zu? Sie muß ja nicht gerade mitbekommen, daß wir Heinrich folgen.“

„Wir müssen uns ohnehin unauffällig verhalten. Selbst wenn sie die Tür zumacht, wird sie sicherlich hinter den Gardinen stehen. Sehen kann sie uns aber ruhig. Was soll schon dabei sein? Also komm!“ Gisela eilte hinaus.

Als sie zur Haustür herauskamen, winkten sie Lisbethchen zum Gruß, doch die schloß hastig die Tür.

„Hast du das gesehen?“ flüsterte Susanna.

Gisela nickte.

Sie blieben einen Moment im Wagen sitzen, um Heinrich Vorsprung zu geben, dann fuhren sie los. Bald schon sahen sie ihn, wie er in Richtung seines Hauses ging. Weit war er noch nicht gekommen.

„Fahr an ihm vorbei!“ forderte Gisela Susanna auf.

„Ach, ich weiß schon, wie wir Zeit schinden! Da vorne im Hof steht Norbert. Mit dem kann ich ein paar Worte reden! Er ist ein Schulkamerad von mir.“

Norbert hatte Susanna ebenfalls erspäht und winkte ihr zu. Sie fuhr rechts ran, ließ den Motor aber laufen.

„Hallo! Na, ihr beiden?“ grüßte er, als sie die Scheibe auf der Beifahrerseite herunterfahren ließ.

„Grüß dich, Norbert. Wie geht’s?“

„Mir geht’s gut. Wann kann ich denn wieder mit einer Sondervorstellung rechnen?“

„Erinnere mich bloß nicht an Berentz. Aber er scheint sich geschlagen zu geben.“

„Das ist ja fast schade.“

„Naja. Ich kann gut auf ihn verzichten."

Gisela schielte zu Heinrich hinüber, der mittlerweile um die Ecke bog.

Susanna warf ihr einen auffordernden Blick zu, den sie aber nicht verstand, sondern ihrerseits auffordernd zurückblickte. Endlich machte es Klick.

„Entschuldigung, Susanna, aber wir müssen."

„Habt ihr es eilig?" wollte Norbert wissen.

„Ja, leider."

„Wo wollt ihr denn hin?"

„Ach, nur ins Feld spazieren", meinte Gisela.

„Und da habt ihr es so eilig?" wunderte sich Norbert und fragte sich, ob Gisela etwas gegen ihn hatte.

Gisela biß sich auf die Unterlippe.

„Wir wollen ins Feld ein paar Blumen holen, aber Gisela muß gleich wieder nach Hause. Die Kleine kommt bald vom Spielen heim, und sie wollen grillen", half Susanna aus.

„Ach so. Dann viel Spaß!"

„Danke."

„Tschüs."

„Danke!" stöhnte Gisela, als Susanna das Autofenster wieder zugemacht hatte.

„Wo ist denn jetzt Heinrich?"

„Dort um die Ecke ist er gegangen, mit seinem Korb."

„Gut! Ich dachte schon, er wäre uns entwischt!"

Sie fuhren los und in der nächsten Straße an ihm vorbei.

„Er geht tatsächlich nach Hause."

„Dann müssen wir halt warten, ob er noch einmal herauskommt."

„Was ist, wenn heute überhaupt nichts mehr abgeht?“

„Dann haben wir in die Bach geschissen, wie man so schön sagt.“

„Vielleicht schaut er nur kurz nach Minchen.“

„Gut möglich.“

Sie postierten sich so, daß sie Heinrichs Grundstück einsehen konnten, aber auch so, daß Frieda sie nicht erblicken konnte, falls sie hinter dem Küchenfenster oder auf dem Hof stand. Susanna tat so, als suchte sie etwas im Handschuhfach.

Sie mußten gar nicht lange warten, und Heinrich erschien wieder auf der Bildfläche, diesmal freilich ohne Eierkorb.

„Ha! Er nimmt nicht das Auto, sondern geht zu Fuß! Ich fasse es nicht!“ rief Gisela.

„Dann kann er nicht weit wollen.“

„Nee.“

„Komisch. Frieda ist gar nicht in Sicht. Ich hätte jetzt erwartet, daß sie wie im Kasperletheater im Fenster auftaucht und ihn fragt, wo er hin will.“

„Vielleicht guckt sie die Nachrichten im Fernsehen.“

„Hoffentlich.“

„Den Wagen müssen wir jetzt stehenlassen. Fahr ihn dort ans Ende der Gasse.“

„Ist gut.“

Heinrichs Weg führte ihn hinaus ins Feld. In einigem Abstand folgten Susanna und Gisela.

„Mist!“ entfuhr es Susanna einen Tick zu laut.

„Was ist?“ fragte Gisela erschrocken.

„Ich habe die Kamera im Wagen vergessen! Es hilft nichts. Ich muß sie holen. Du bleibst hier, damit wir ihn nicht verlieren."

„Oh, Mensch, und ich habe die Digicam erst gar nicht eingesteckt!"

„Ich hole doch meine Kamera!"

„Ja, aber bei der Digicam hätten wir keine Entwicklungszeiten."

„Stimmt. Aber jetzt ist es eh zu spät. Wir müssen meine nehmen."

Susanna beeilte sich, zurück zum Wagen zu laufen.

Gisela paßte derweil auf, daß Heinrich nicht aus ihrem Blickfeld verschwand.

Es dauerte nicht lange, bis Susanna schnaufend wieder neben ihr auftauchte.

Ein paar Mal blickte sich Heinrich um. Susanna und Gisela taten so, als würden sie Blumen pflücken, schwatzten miteinander und stapften durch die Wiesen. Je weiter sie jedoch zum Wald kamen, desto vorsichtiger mußten sie sein, wenn sie nicht wollten, daß Heinrichs Vorhaben platzte.

Der alte Mann ging ein Stück auf dem Feldweg am Waldrand entlang, bis er schließlich zum Wasserbassin kam. Dort bog er in den kleinen Waldweg ein.

„Jetzt müssen wir besonders vorsichtig und vor allen Dingen leise sein", mahnte Gisela.

Susanna nickte. „Der Typ kann schon irgendwo hier auf der Lauer liegen."

Gisela schluckte. „Auf was haben wir uns hier nur eingelassen!"

„Es kann aber auch sein, daß er viel später kommt, wenn Heinrich ganz sicher nicht mehr hier ist."

„Dann müßten wir unter Umständen lange warten. Dazu habe ich keine Lust.“

Plötzlich fummelte Susanna erschrocken und hektisch in ihrer Jackentasche herum.

„Was ist?“

„Hast du dein Handy ausgeschaltet? Ich hab’s vergessen.“

„Oh Gott! Gut, daß es dir eingefallen ist! Ich hab’s nämlich auch vergessen.“

Die beiden atmeten auf, nachdem sie die Geräte ausgeschaltet hatten.

Aus sicherer Entfernung und durch dichtes Gestrüpp getarnt, schlichen sie hinter Heinrich her.

Sein Weg führte ihn ein Stückchen in den Wald hinein, bis er schließlich zu einer kleinen Lichtung kam, an der ein Hochsitz stand.

Plötzlich blieb er stehen und sah sich vorsichtig um. Er schien für einen Augenblick in den Wald hineinzuhorchen. Dann griff er in die Innentasche seines Jacketts, zog ein kleines Bündel heraus und schaute sich erneut um. Nach einigem Zögern steckte er es in das Dickicht unter dem Hochsitz. Dann ging er ein paar Schritte um diesen herum, schaute sich die Stelle aus verschiedenen Blickwinkeln an, ging erneut hin und schob das Bündel noch etwas tiefer ins Gestrüpp hinein. Wieder schaute er sich um, begutachtete erneut das Versteck und hastete auf dem gleichen Weg, den er gekommen war, zurück. Dabei blickte er sich mehrmals um, bevor er schließlich verschwand.

Susanna und Gisela hatten sich derweil hinter einem Gebüsch versteckt.

„Jetzt heißt es warten“, stellte Gisela flüsternd fest, prüfte den Boden und ließ sich vorsichtig nieder.

Susanna tat es ihr nach.

„Ob Heinrich gleich nach Hause geht?“ sinnierte sie. „Nicht, daß der auch noch hier herumlungert.“

„Das können wir jetzt schlecht prüfen. Schließlich müssen wir uns hier ruhig verhalten.“

Susanna zupfte ein Stück Moos nach dem anderen aus und warf es neben sich. Das machte wenigstens keinen Lärm, und irgend etwas mußte sie mit ihren Händen tun. Schließlich griff sie in die Jackentasche und holte ihre Kamera heraus.

„Du hast hoffentlich einen Film drin?“ fragte Gisela leise.

„Es sind noch vierzehn Bilder drauf. Das habe ich extra zu Hause gecheckt. Mehr als einmal.“

„Gut.“

Gisela schaute sich immer wieder ängstlich um.

„Stell dir mal vor, der Erpresser steht plötzlich hinter uns“, flüsterte sie Susanna zu. „Ich würde tot umfallen!“

Eine Zeit lang sagte keine der beiden etwas.

„Hoffentlich kommt jetzt niemand mit einem Hund vorbei. Es ist noch so hell und warm. Da gehen die Leute gerne noch mal eine Runde“, brach Gisela nach einer Weile flüsternd das Schweigen.

„Dann fliegen wir auf. Oder wir sagen einfach, wir hätten mal hinter die Büsche gemußt.“

„Zusammen?“ Gisela unterdrückte ein Kichern.

„Klar. Wir hatten halt Angst alleine.“

„Pssst“, machte Gisela plötzlich und hob die Hand. Dann drehte sie vorsichtig den Kopf, um die Richtung, aus der das Geräusch kam, zu orten.

Susanna runzelte die Stirn und schüttelte den Kopf. Sie konnte nichts vernehmen, was von den üblichen Geräuschen im Wald abwich.

Gisela deutete aufgeregt zur Lichtung und brachte sich in Position, damit sie sie gut einsehen konnte. Susanna schaltete die Kamera ein, schob ihren Kopf dicht neben Giselas und hielt die Luft an.

„Ich fasse es nicht!“ preßte Gisela ungläubig hervor, als sie die Person unter dem Hochsitz erkannte.

Lisbethchens Finger standen keinen Moment still. Seit Heinrich ihr Haus verlassen hatte, saß sie am Küchentisch. Schon viermal war sie auf Toilette gewesen. In ihren Därmen rumorte es. Sie mußte sich zwingen, Wasser zu trinken. Erst ein Glas hatte sie geschafft.

„Sie müssen trinken, trinken und nochmals trinken, Frau Weinbrenner“, waren die Schwestern im Krankenhaus nicht müde geworden, sie zu ermahnen.

Widerstrebend griff Lisbethchen nach dem Glas. Sie schaffte es einfach nicht! Wieder brachte sie nur einen Schluck hinunter.

„Los, halt drauf!“ forderte Gisela Susanna auf.

Die Kamera surrte leise, als Susanna den Hochsitz heranzoomte. Sie hatte das Gefühl, als ob das Geräusch durch den ganzen Wald schallte. Was natürlich nicht der Fall war, aber auch Gisela zuckte kurz zusammen.

„Los, dreh dich schon um!“ flüsterte Susanna vor sich hin. Ihr Zeigefinger zuckte über dem Auslöser. „Mist, verschwinde bloß nicht wieder nach hinten in den Wald, bevor ich dich abgelichtet habe."

„Du hättest eben gleich knipsen sollen, als er kam!"

„Ja, dankeschön für den schlauen Hinweis!" Susanna mußte sich zwingen, nicht laut zu werden.

„Keine Bange, wer so ein Ding dreht, schaut sich bestimmt zum Schluß noch einmal genau um", versuchte Gisela sie zu besänftigen, doch Susanna konzentrierte sich längst wieder auf ihr Motiv.

„Na, bist du blind, oder was? Da hat Heinrich doch das Bündel hingelegt! Siehst du es nicht? Da! Jetzt aber! Endlich, du Blindfisch!" Susanna verfolgte die ganze Szene durch die Kamera, um nicht wieder den besten Augenblick zu verpassen.

Die Person griff das Bündel, steckte es in die Jacke und schaute sich sorgfältig um. Langsam drehte sie sich um ihre eigene Achse.

„Jetzt!" flüsterte Gisela aufgeregt, und Susanna drückte auf den Auslöser.

In diesem Moment durchzuckte ein Blitz den Wald.

„Scheiße!" entfuhr es Susanna. Sie konnte sich gerade noch rechtzeitig die Hand vor den Mund halten. Ihr Herz pochte bis zu den Ohren.

Gisela starrte sie mit weit aufgerissenen Augen an.

„Die Kamera steht auf Automatik, wenn sie eingeschaltet wird. Ich hätte den Blitz ausschalten müssen!" flüsterte Susanna erklärend.

Gisela sparte sich ihren Kommentar und schaute statt dessen gebannt zum Hochsitz hinüber.

Die Person hatte den Blitz wahrgenommen, da gab es keinen Zweifel, denn sie blieb wie versteinert stehen. Dann kam sie vorsichtig in die Richtung der beiden. Zwischendurch blieb sie stehen und lauschte.

„Wir müssen weg“, flüsterte Gisela.

„Zu spät, ohne gehört zu werden.“

Die Person kam weiter auf sie zu, blieb plötzlich stehen und wiegte den Kopf hin und her, so als wollte sie rechts und links an den beiden vorbeischauen. Ein laues Lüftchen wiegte die Blätter hin und her. Lichtflecken flackerten über die Lichtung. Noch einen Moment blieb die Person stehen. Dann wandte sie sich ab. Mehrere Male schaute sie über die Schulter zurück, bis sie schließlich zwischen den Bäumen auf der anderen Seite der Lichtung verschwand.

„Was war denn jetzt?“ fragte Susanna verwundert.

Gisela blickte sich um und blinzelte. „Wahrscheinlich hat er gedacht, die Sonne blitzt irgendwo zwischen den Blättern durch.“

Susanna preßte die Hand aufs Herz. „Karl, mei Troppe!“ Dann ließ sie sich nach hinten ins Moos fallen. „Das war knapp!“

Wo Heinrich nur blieb! Zum x-ten Male schaute Lisbethchen auf die Küchenuhr. Gleich neun. Erneut ging sie in Gedanken den Weg ab. Heinrich müßte doch jetzt wieder zu Hause sein! Nicht auszudenken, wenn ihm etwas zugestoßen war!

Nur nicht aufregen, sagte sie sich immer und immer wieder, sonst landest du erneut im Krankenhaus. Und dann werden sie nicht lockerlassen, bis sie dich überzeugt haben, daß du nicht mehr alleine sein kannst. Das war das letzte, was passieren durfte! Sie seufzte. Es half nichts: Sie mußte schon wieder zur Toilette. Besser so, als ohnmächtig zu werden, dachte sie und stand vom Stuhl auf.

In diesem Moment klingelte das Telefon. Sie riß den Hörer ans Ohr.

„Weinbrenner.“

„Ich bin wieder zu Hause.“

„Alles in Ordnung?“

„Ja.“

„Hast du jemanden gesehen?“

„Nein.“

„Hoffentlich haben wir jetzt auch wirklich Ruhe.“

„Ja, das hoffe ich auch. Wir haben getan, was wir konnten.“

„Ja.“

„Reg dich net auf, Lisbethchen, hörst du? Vergiß die Sache.“ Er flüsterte.

Sie war etwas erstaunt über seine Fürsorge.

„Ich versuch’s. Du aber auch.“

„Ja. Etwas anderes bleibt uns auch net übrig. Mach’s gut.“

„Du auch.“

17. Tag

„Ich habe mehr Glück als Verstand!“ bemerkte Susanna, als sie am übernächsten Abend bei Gisela auf dem Sofa saß. „Wegen meiner Blödheit haben wir nur ein einziges Foto, aber es ist glücklicherweise etwas geworden!“

„Und was machen wir jetzt?“

„Wir werden uns den Herrn mal zur Brust nehmen.“

„Das ist mir klar. Aber wie? Schließlich wollen wir unerkannt bleiben. Einen Brief zu schreiben wäre zu riskant. Wer weiß, wer den Umschlag öffnet! E-mail können wir auch vergessen. Bleibt das Telefon“, kombinierte Gisela.

„Gut. Wir telefonieren von einem Häuschen aus. Wenn wir noch eins finden, heißt das“, feixte Susanna.

„Und was sagen wir?“

„Ganz einfach: *Wir wissen alles*.“

„Und dann? Was wollen wir eigentlich?“

„Na, daß er das Geld zurückgibt.“

„Das kann aber nicht alles sein, denn Lisbethchen und Heinrich haben das Geld ja eigentlich auch nicht richtig verdient. Sie müßten es Frieda geben.“

„Stimmt.“

„Aber das Problem ist, daß wir nicht wissen, wieviel es ist.“

„Macht doch nichts, denn Lisbethchen und Heinrich müssen wir ja nicht direkt kontaktieren. Das kann er ja machen.“

„Stimmt, aber was ist, wenn er nicht tut, was wir wollen?“

„Wird er schon!“

„Und wenn er uns nicht glaubt?“

„Wir bieten an, ihm eine Kopie des Fotos zu schicken."

„Komm, laß uns den Text aufschreiben, bevor wir anrufen." Gisela sprang auf und holte Papier und Bleistift. „Also: *Wir wissen alles.* Das klingt doch schon mal gut. *Wenn Sie es nicht glauben, können wir gerne ein Foto vom Hochsitz liefern. Geben Sie das Geld an die beiden zurück.* Soll ich die Namen einsetzen?"

„Och nö, laß mal."

„Was noch?"

„Ein Zeitlimit."

„Genau! Also: *Geben Sie das Geld innerhalb der nächsten drei Tage an die beiden zurück.*"

„Das ist gut. Aber schreib besser: *Schicken.* Dann kann ich es nämlich kontrollieren."

„Genial!"

„Weiter: *Schreiben Sie jeweils einen Brief dazu mit folgendem Text*: ..."

20. Tag

Lisbethchen und Heinrich erhielten noch einmal Post von ihrem Erpresser. Abgestempelt in Bad Homburg.

Lisbethchen hätte fast der Schlag getroffen. Sie hatte sich vorgenommen, Heinrich nie zu Hause anzurufen, aber jetzt konnte sie nicht anders. Falls Minchen abnahm, würde sie eben wieder auflegen müssen. Aber Minchen war viel zu schlapp zum Telefonieren. Solche Aufgaben übernahm Heinrich.

„Becker."

„Weinbrenner." Ohne Gruß strömte es aus Lisbethchen heraus: „Heinrich, ich habe Post. Aus Bad Homburg. Du mußt kommen. Ich getraue mich net, den Brief aufzumachen." Sie war den Tränen nahe und mußte sich am Tisch festhalten.

„Mach ihn auf!" meinte Heinrich. „Du hast wahrscheinlich den gleichen wie ich. Mach ruhig!"

Lisbethchen war verblüfft. „Du hast auch einen?"

„Ja."

„Na, gut! Wie du meinst", sagte sie zögernd und legte den Hörer zur Seite.

Das Herzklopfen ließ nicht nach, während sie den gepolsterten Umschlag mit den Fingern aufriß. Zu ihrer Verblüffung purzelten ihr die 10.000 € sowie ein zusammengefaltetes Stück Papier entgegen. Sie las die Druckbuchstaben:

Ich gebe alles zurück.

Und Ihr bezahlt Eure Schulden. Ihr wißt schon, an wen.

Ihr solltet es wirklich tun.

Jemand weiß Bescheid.

Lisbethchen ließ den Brief sinken.

Dann fiel ihr Heinrich wieder ein, und sie griff nach dem Hörer.

„Jemand weiß Bescheid, Heinrich!“

„Ja.“

„Oh Gott, was machen wir denn jetzt?“

„Wir geben das Geld Frieda. Was bleibt uns anderes übrig?“

„Ich traue mich net, das Geld bei ihr einzuwerfen.“ „Wir schicken es per Post.“

„Ist das sicher? Sollten wir es per Einschreiben schicken?“

„Lisbeth!“ entfuhr es Heinrich. Leiser sprach er weiter: „Dann müßtest du doch deine Adresse angeben!“

„Ach so. Ach Gott! Nein, das geht net!“

„Wir packen es gut ein und senden es ohne Absender. Wir müssen es nur an einem anderen Ort einwerfen, wegen des Stempels, verstehst du?“

„Ach Heinrich! Daran hätte ich net gedacht!“

Als Lisbethchen das Gespräch beendet hatte, ließ sie erschöpft den Hörer sinken. Doch auf einmal, ganz plötzlich, ohne daß sie sich konzentrieren mußte, sah sie klar. Ganz klar!

23. Tag

„Du machst so einen enorm zufriedenen Eindruck“, stellte André fest, als er auf Susannas Hof stand und sie dabei beobachtete, wie sie vor sich hinlächelnd an ihrem Apfelsaft nuckelte. Er ging zu ihr hinüber und faßte sie an den Hüften. „Dafür hast du mir in den letzten Tagen einige Rätsel aufgegeben. Ich denke, ich habe es verdient, daß du mich aufklärst. Ansonsten bin ich nämlich enorm verunsichert“, tadelte er augenzwinkernd.

„Armer Mann!“

„Ja genau: armer Mann. Sei froh, daß ich deine Gemütszustände überhaupt registriere. Es soll ja Männer geben, die bemerken so etwas nicht einmal. Ich dagegen bin hochsensibel, wie du siehst. Mit so einem wie mir hast du das große Los gezogen!“ Er drückte ihr am Strohhalm vorbei einen Kuß auf die Lippen.

„Was heißt hier Los gezogen? Ich habe dich doch nicht auf der Kirmes gewonnen! Ich habe dich ausgesucht. Und wenn du nicht so wärst, wie du bist, hätte ich mich erst gar nicht in dich verliebt.“

„Sag das noch mal!“

„Was? Alles noch mal?“

„Nein. Nur den letzten Teil.“

„... in dich verliebt.“

„Und jetzt im ganzen Satz!“

„Ich bin in dich verliebt.“

„Und ich auch in dich.“

Er zog Susanna so fest an sich, daß sie das Apfelsaftglas am weit ausgestreckten Arm halten mußte. Als er sie nach einem langen Kuß wieder losließ, erklärte sie:

„Zu deiner Frage kann ich nur soviel sagen: Ich denke, ich habe aus einer verzwickten Situation das Beste gemacht. Zufrieden?“

Verständnislos runzelte er die Stirn. Dann nickte er, stellte ihr Glas weg und zog sie hinter sich her ins Haus.

Lisbethchen war sich ganz sicher. Warum war ihr erst so spät ein Licht aufgegangen? Wie hatte es sein können, daß ihr die Sache mit dem Schreibkästchen erst so spät eingefallen war?

Die ganzen schönen Möbel waren damals an den Händler aus Frankfurt gegangen. Das stimmte. Das Schreibkästchen mit den vielen winzigen Schubladen und den Briefen an Heinrich jedoch hatte sie danach noch einmal gesehen. Und sie wußte auch, wann. Sie war sich ganz sicher! Es war, als das Dach ausgebessert wurde.

Und in diesem Zusammenhang fiel ihr ein, daß sie die Rechnung für den Dachdecker noch nicht bezahlt hatte.